＊オレ様には敵わない！＊

副委員長には逆らえない！

びっくりしすぎちゃってその場に立ち尽くしていると、松岡くんはにこにこしながらそんなオレをジーッと見つめてきた。

「制服姿も可愛いけど、エプロン姿も似合ってるね。そうやってると奥さんみたいだし。どう？　やっぱりオレのお嫁さんに……」

「それ以上言ったら追い出すぞ」

ふざける松岡くんを冷たく遮った真也は、本気で追い出しかねないいきおいで睨んでる。

「だったら、そのおにぎりくれる?」

「いいよ、はい」

　オレならおにぎり二個でも充分保つし、なんの躊躇いもなくまだ手をつけていないおにぎりを差し出すと、東也はそっちじゃなくて、オレの手を掴んで食べかけのおにぎりにぱくりと齧《かじ》りついてきた。

オレ様には敵わない！
副委員長には逆らえない！
沢城利穂

14214

角川ルビー文庫

目次

副委員長には逆らえない！　五
あとがき　二三三

口絵・本文イラスト／つたえゆず

月曜日

じめじめとした梅雨に突入《とつにゅう》して、なんとなく憂鬱《ゆううつ》だったけど、制服の衣替《ころもが》えとなった今日は久しぶりに晴れて、オレは気分良く見慣れた商店街を歩いていた。

私立櫻ヶ丘《さくらがおか》学院に入学して初めての衣替えだし、本当に晴れて良かった。これが雨だったら、おろしたての夏服がよれよれになっちゃってたもんね。

身体《からだ》のラインにピッタリ沿う冬服のジャケットも格好いいけど、オレは夏服のラフなデザインも気に入ってるんだ。

ネクタイの色は一年生から順に、エンジ、緑、紺《こん》で冬服と変わらないけど、真っ白な半袖《はんそで》シャツの袖にはスラックスと同色になる茶色のラインが入っていて、シャツをスラックスにしまわなくていいから、着るのもラクチンだしね。

六月の今は、半袖だとまだちょっと寒いから、オレは学院指定のベージュのカーディガンを羽織っていったけど、お隣《となり》で幼馴染《おさななじ》みの大地《だいち》みたいに頑丈《がんじょう》な体育会系のクラスメイトは、もう半袖でも平気で授業を受けてた。

チビな上にほとんど肉が付いてなくて、寒がりのオレには到底真似《とうていまね》できないけど、みんな本当に元気だよね。

オレも部活に入って鍛《きた》えたら、女の子に間違《まちが》えられちゃうほど華奢《きゃしゃ》なこの身体も、少しは男らしくなって、寒さや暑さに強くなるのかなぁ？

けどスポーツは苦手だし、なにより朝も放課後も部活に時間を取られるワケにはいかないか。なんていっても、ウチは小学五年の秋に母さんが病気で亡《な》くなっちゃったし、父さんはこの三月にアメリカへ赴任《ふにん》しちゃったから、家事はぜーんぶオレと双子《ふたご》の弟になる真也《しんや》の二人でしてるしね。

だけど真也はオレと違って頭が良くて、首席で入学したからウチのクラスの委員長を任されてるんだよね。だから実際に手が空いているのは、オレだけ。そんなオレが部活なんて始めちゃったら、家の掃除《そうじ》が行き届かなくて、めちゃくちゃになっちゃうもん。

それに真也は委員会や先生の手伝いで本当に忙《いそが》しそうなんだ。

櫻ヶ丘は文武両道、正しい礼節を基本理念としながらも、自由な校風でこの地区でも一、二を争う人気の男子校だけど、自由なぶんだけ生徒をまとめる生徒会がしっかりしてて、クラス委員もそれに従い統率《とうそつ》が取れているから、放課後には会議がよく行われてる。だから忙しい真也の代わりにオレが家事を率先してやらなくちゃって思ってるんだ。

そんなワケで、十六歳にして家事歴はもう五年。最初の頃《ころ》は、したこともない家事に四苦八苦してたけど、今では料理だけじゃなく、掃除も洗濯《せんたく》も、同年代の女の子にだって負けないくらいの腕前《うでまえ》に成長したんだ。

だから父さんも安心してオレたちを残してアメリカに旅立っちゃったワケだけど、たまに電話してきたかと思うと、オレたちの作るご飯を恋《こい》しがって大変なんだ。

それで今日はオレが、晩ご飯を作る当番。

晩ご飯とお風呂《ふろ》掃除は、真也と毎日交替《こうたい》でする決まりになっているけど、お風呂掃除は暇《ひま》なオレがほとんどやっちゃってる。その代わりに真也が朝ご飯を作ってくれるけどね。

お昼ご飯は学食を利用してるし、掃除は好きだから、現状に不満はなにもない。

難を言えば、オレが料理をたまに失敗しちゃうことくらい？

たまにボーッとしてると、お味噌汁《みそしる》にダシを入れ忘れちゃったり、お肉を焦《こ》がしちゃったりするんだよね。

真也は料理が得意でなんでも作れるけど、オレはなかなか上手《うま》くいかなくて。それでも注意深く作れば、真也も美味《おい》しいって言ってくれる物は作れるから、まぁいいかなぁって。

「こんにちはー」

「毎度っ！　今日は真実《まこと》くんがご飯作るのかい？」

「うん、チャーシュー百グラムと生餃子《ギョーザ》八個ください」

「はいよっ！」

よく行くお肉屋さんに立ち寄り声をかけると、おじさんは威勢《いせい》良く返事をしながら、オレがオーダーした品物を包み始めた。

　このお肉屋さんはお肉だけじゃなく、後は焼くだけの餃子とか揚《あ》げたてのコロッケとかのお総菜も充実《じゅうじつ》してて、小学生の頃からのお馴染みなんだ。

「今日はラーメンだろ?」

「はずれ！　今日はチャーハンと餃子だよ」

「な〜んだ。スーパーの袋《ふくろ》からネギが見えてるからラーメンだと思ったんだけどなー」

　おじさんはウチの事情をよく知ってて、いつもこんな感じで気軽に話しかけてくれる。だからオレもにこにこしながら、受け応《こた》えしてたんだけど……。

「はいよっ、おつり落とすなよ」

　おじさんはおつりと一緒《いっしょ》に、飴玉《あめだま》を差し出してきた。小さい子がおつかいに来ると、ご褒美《ほうび》にくれるおまけだ。

「もう、おじさん。オレ子どもじゃないよ」

「あ、そうだった。真実くんは真也くんと違って昔とちっとも変わらないで可愛《かわい》いから、つい出しちゃったよ」

「う〜……真也より小さくてもオレのほうが兄ちゃんなんだからね！」

　豪快《ごうかい》に笑われて、オレはムッとしながら口唇《くちびる》を尖《とが》らせた。

　どうせオレは真也よりちっちゃいよ。中学で成長が止まっちゃったようなチビだけど、もう飴玉を貰《もら》って喜ぶ年齢《ねんれい》じゃないんだから。

「ごめんごめん、それにしても昔は見分けがつかなかったのに、最近は本当に変わったねぇ。真也くんは背が高くてハンサムになっちゃったし、真実くんはお母さんにそっくりなままの美人さんだし」

「……おじさん、それ褒《ほ》めてる？」

「ははははは！　ほら、もう一個やるから機嫌《きげん》直せよ。毎度！」

恨《うら》みがましく睨《にら》むオレにもう一個飴玉を握《にぎ》らせて、おじさんは別のお客さんの相手に行った。なんとなく釈然《しゃくぜん》としないけど、いつまでも居座るワケにもいかないし、オレはちょっと拗《す》ねたまま店を後にした。

おじさんに悪気がないのはわかるし、事実だから怒《おこ》れないんだけど、オレと真也って一卵性《いちらんせい》双生児《そうせいじ》なのに、本当に似てないんだよね。

小学生の頃までは見分けがつかないほどそっくりな双子だったけど、中学に上がってから真也が一人だけ勝手に成長しちゃって、まるで年の離《はな》れた兄弟くらい差が出ちゃったんだ。

同じなのは柔《やわ》らかい髪質《かみしつ》だけで、後はぜーんぶ弟の真也のほうが上。身長もオレより頭ひとつぶんは大きいし、身体つきも男らしいし、顔もなんだか最近は父さんに似てきて、同じ学年にファンがいるほど格好良くなっちゃったんだ。

成績は優秀《ゆうしゅう》で、スポーツも万能《ばんのう》で人当たりもいいものだから、なんでも並程度にしかできないオレは、兄ちゃんなのにすっかり形無し状態。

学校でも『似てない双子の久賀《くが》兄弟』なんて陰《かげ》で呼ばれて、中学から真也に対してコンプレックスを持っていたオレは、入学当初、その呼び方にものすごく反発してたんだ。

しかも最近になって大地から、『似てない双子の久賀兄弟』っていう呼び名は、似てなくても大きいほうはキレイでなにをやっても完璧《かんぺき》で、小さいほうは可愛くて笑いかけられたら速攻《そっこう》で食いたくなるって意味でみんなに言われてるんだって教えられて、別の意味でもショックを受けたばっかり。

速攻で食いたくなるって、なんなんだよ。みんな目がおかしいんじゃないの!?

……それはさ？ 入学早々、先輩《せんぱい》に襲《おそ》われかけたこともあるけど。

告白こそされていないものの、親友の大地がオレを好きみたいで、たまにエッチなことをしてくるけど。

しかも真也とも、あんなに仲が悪かったにも拘《かか》わらず、男同士で兄弟だっていうのに、恋人《こいびと》同士になっちゃったんだけどね……。

そう、オレと真也は、兄弟でありながら普通《ふつう》の恋人同士みたく、お互《たが》いになくてはならないほど愛してるって気づいちゃったんだ。

とはいっても、真也のほうはオレが自覚する以前、もう中学に上がった頃から、オレをそういう意味で好きだったみたいだけど。

オレは真也に対してコンプレックスの塊《かたまり》になってたから、真也のそんな想《おも》いにはまったく気づかなかったけど、十六歳の誕生日に、真也が小学生の頃みたいに同じベッドで寝《ね》たがって、そのうちに真也にいっぱいエッチなことをされちゃって……。

で、いろいろとあった末に、オレも真也が恋人みたく好きなんだって気づいたんだ。

気づくまではお互いに、本当に苦しい思いもしたけど、今ではそれも、真也と二人で幸せになる為《ため》の大事なプロセスだったのかも。

「な～んて」

ふて腐《くさ》れていたにも拘わらず、真也とのことを考えているうちに照れくさくなってきちゃって、思わずおどけた口調で誤魔化《ごまか》した。それでもなんだか頬《ほお》が緩《ゆる》んじゃって、にこにこしながら家の鍵《かぎ》を開けていると、ちょうど宅配便のお兄さんがウチに荷物を届けにきた。

受け取ってみれば、それは両手に収まるくらい小さな箱で、真也宛《あて》の荷物だった。

品名にパソコン用品って書いてあったから、パソコンをやらないオレはたいして興味も湧《わ》かなくて、荷物をダイニングテーブルに置いたまま、買ってきた食材を冷蔵庫に詰《つ》めた。

そして二階の自分の部屋に戻《もど》って部屋着に着替《きが》えると、ようやくひと心地《ごこち》つけた気がして、オレはお気に入りの大きなクッションに寝転《ねころ》がり、さっそく最近ハマっているシューティングゲームを開始した。

それから小一時間ほどゲームに夢中になっていると、一階の玄関《げんかん》が開く音がした。そして間もなく階段を上がってくる真也の足音が聞こえて、オレの部屋の扉《とびら》が開いた。

「おかえり。なにか荷物届いて……」

いつものように笑顔《えがお》で振《ふ》り返ったオレは、真也を見上げたまま固まった。

なぜなら、優《やさ》しい笑みを浮《う》かべているはずの真也が、今日に限ってものすごく恐《こわ》い顔でオレを見下ろしてたからで……。

えっと……オレ、真也が怒るようなことしたっけ？

それとも、学校でなにかいやなことでもあったのかな？

よくわからないけど、とにかく真也が怒っているのだけはわかるから、オレはゲームを中断して、おずおずと起き上がった。

「真也？　どうかしたの？」

なるべく刺激《しげき》しないように、そっと尋《たず》ねてみたんだけど、そんなオレの態度が気に入らなかったのか、真也は目を僅《わず》かに眇《すが》めたかと思うと、いきなりオレを抱《だ》き上げた。

「えっ？　ちょっ……真也!?」

まるで米俵でも担《かつ》ぐように、ひょい、と持ち上げられたかと思った次の瞬間《しゅんかん》、ベッドに下ろされてた。

抱き上げられたままの不安定な状態じゃなくなって、ひとまずホッとしたけど、突然《とつぜん》のことにびっくりしすぎて、オレは目を瞬《しばた》かせながら、真上から見下ろしてくる真也を呆然《ぼうぜん》と見つめた。だけどオレを見下ろす真也は、まだものすご～く怒ってて……。

なに……？　なんでさっきからひと言もしゃべってくれないの？

学校で別れた時までは、いつもどおりの優しい真也だったのに、ほんの二時間程度でなにがあったっていうんだよ。

というか、この状況《じょうきょう》ってまさか……。

なんとなくいやな予感がして身体《からだ》を僅かにずらすと、まるでそれが引き金になったように、真也はオレをぎゅっと抱きしめて、首筋に口唇を押しつけてきた。

「やっ……なに？　なんでいきなり!?」

それはたくさんエッチもしてるけど、こんなワケのわからない状態で始められることなんてなかったし、オレは抵抗《ていこう》して真也を引き剝《は》がそうとした。だけどオレがいやがればいやがるほど、真也は余計にムキになって身体を撫《な》でまわしてくる。

「んっ……ちょっ、ちょっと待ってよ！　せめて怒ってる理由だけ教えて……ってば～！」

渾身《こんしん》の力を込《こ》めて、真也の身体をぐいって押し返すと、真也は仕方なくといった様子で手の動きを止めた。だけど放すつもりはないらしくて、オレをシーツに縫《ぬ》いつけたまま、ムッとした顔で見下ろしてくる。

「本当に心当たりないの？」

「ないよ。オレ、なにかした？」

そうやって念を押されても、真也が怒るようなことをした心当たりなんてなかったし、オレもちょっとだけムッとしながら言い返した。

理由がぜんぜんわからないのに、悪いことをしているような態度を取られたら、怒りたくなるのも仕方ないよな。

だからオレも負けずに真也を睨み続けていると、なぜか真也は拗ねた顔をして、オレにぎゅっと抱きついてきた。

「真也……?」

オレより大きい身体を無理に丸めて、胸に顔を埋《うず》めてくるこの体勢は、真也がオレに甘えている時の抱き方だ。

子どもの頃《ころ》、母さんが入院して不安がっていた真也は、こうやって毎晩オレの心音を聞きながら眠《ねむ》っていたんだ。

オレより大きく育った今も、この体勢が一番安心するらしいんだけど、怒っていたと思ったら今度は甘えてきて、いったいどうしちゃったんだろ?

クラスのみんなにも頼《たよ》られるくらい、普段《ふだん》は余裕《よゆう》の態度でおとなっぽく振る舞《ま》っているくせに、まるで子どもじゃないか。

けど、こうやって拗《す》ねて甘えられると、弱いんだよなぁ。

今はオレのほうが真也の手のひらで踊《おど》らされているような状態だけど、三つ子の魂《たましい》百までというか、子どもの頃は泣き虫で甘ったれだった真也の面倒《めんどう》を見るのは、兄ちゃんであるオレの役目だったから、放《ほう》っておけなくなっちゃうんだよね。

だからもう怒《おこ》る気にもなれずに、オレは真也の頭を抱き寄せて、オレとまったく同じ手触《てざわ》りの柔《やわ》らかい髪《かみ》を撫でた。

「なにが気に入らないんだよ？　教えてくれないとわからないよ」

真也が落ち着いてきたのを見計らって、今度はちょっと甘く声をかけると、真也はちらりとオレを見上げた。そしてオレにぎゅっと抱きついたまま、ようやく口を開いた。

「……帰りに、階段で二年生と抱き合ってただろ」

「へ……？」

「玄関前の階段で抱かれて、二年生に好きに触《さわ》らせてた」

「あ……」

拗ねた口調で言われて、ようやく思い出した。

すっかり忘れてたけど、確かに今日の帰り、階段を下りている時に足を滑《すべ》らせちゃって、たまたま通りかかった先輩《せんぱい》に、階段から落ちるところを助けてもらったんだった。

どこで見てたのか知らないけど、あれは助けてもらっただけで、真也が言うように抱き合ってたワケじゃないのに、どうしてそういう解釈《かいしゃく》になっちゃうんだよ。

「あれは助けてもらっただけじゃないか」

「違《ちが》う。まこは抱きしめられてた。オレが職員室の入り口で先生と話してる間中、二年生はまこを放さないで、まこのお尻《しり》まで撫でてたじゃないか」

「そんなこと言われても……」

あの時は一階まで真っ逆さまに落ちるかもしれなかったからオレも気が動転してたし、先輩にしがみついたままドキドキしてたから、そんな細かいことまで覚えてないよ。

「オレを支える為に腰《こし》にあった手が、たまたまお尻まで届いてただけじゃないの？」

「絶対に違う。二年生は嬉《うれ》しそうにまこのお尻を撫でてた。それにも気づかないでまこは二年生に抱きついたままだったし、オレはもう先生の話を聞くどころじゃなかったんだよ。おかげでなにも覚えてなくて松岡《まつおか》にはイヤミを言われるし、散々だったんだ」

そんなふうに拗ねた口調で愚痴《ぐち》られても。オレのお尻を撫でてなにがおもしろいっていうんだよ……。

階段から落ちそうになったオレに気を取られて、委員長としての仕事が滞《とどこお》ったのは悪いと思うけど、オレのお尻なんて触っても、つまらないじゃないか。

これが女の子だったらラッキーくらいに思うかもしれないけど、オレは男だよ？　なのに嬉しそうに触ってたなんてさ。

「そんなの真也の見間違いだってば」

「まこはどうしてそう、危機感がないんだよ……」

苦笑《くしょう》を浮かべて言うオレに、真也は肩《かた》をがっくりと落として盛大《せいだい》にため息をついてきた。そして次の瞬間、ものすごく真面目《まじめ》な顔をしてオレを見つめてくる。

「まこ、いい加減に自覚して。オレ、言ったよね？　まこは一年の中でも特に可愛《かわい》いんだから、上級生がたくさんまこを狙《ねら》ってるって」

「う、うん……」

それはもう耳にタコができるくらい言われてることだけど、可愛い子なら真也の取り巻きの中にもいるし、オレと同じくらいのチビなら他《ほか》にもたくさんいるじゃないか。

「……まこ。オレの言うこと、ぜんぜん信じてないだろ」

「そ、そんなことないよっ」

本当はそのとおりだけど思わず反論すると、真也は更《さら》にムッとした顔で迫《せま》ってきた。

「まこは可愛いんだよ。顔だけじゃなく性格もなにもかも。素直《すなお》で純情でなにも知らなそうだから、傍《そば》にいて守ってあげないとって思わせる雰囲気《ふんいき》があるし。それに……」

「あっ……ちょっ、真也っ！」

「こんなに細くて華奢《きゃしゃ》なのに、柔らかそうで可愛いお尻をしてるんだから、チャンスがあればみんな触るに決まってるだろ」

言いながら真也は手をするりと移動させて、お尻をやわやわと揉《も》んできた。

「んっ……や、やだ……触らないでよっ」

「二年生にはあんなにいっぱい触らせておいて、オレに触られるのはいやなの？」

「そ、そういうことじゃなくて……」

「だったらいいだろ。まこは全部オレのものなんだから。二年生に触られた感触《かんしょく》は消してあげるから……」

「そん……んっ……んー！」

触られたことも覚えてないのに、そんな感触なんて残ってない！　って言いたかったんだけど、それよりも前にキスされちゃって、文句は全部、真也の口唇《くちびる》に吸い取られた。

それでもこのままなし崩《くず》しになるのはいやで、必死になって引き剝がそうとしたんだけど、オレの抵抗なんてものともしないで、真也はお尻を揉みながらキスを深くしてきた。

「……あっ……しんっ……」

首を振《ふ》って逃《に》げようとしても、真也はすぐに追いかけてきて、口唇が痺《しび》れちゃうくらいたくさん吸ってくる。ちゅっ、ちゅって音をたてながら、柔らかく、それでいてちょっと強引《ごういん》に。

そのうちに抵抗するのも疲《つか》れてきちゃって、されるがままになっていると、滑り込んできた舌が、オレの感じちゃう場所をざらりと舐《な》めてきた。

その途端《とたん》に身体《からだ》がぴくん、て跳《は》ねちゃって、思わず真也にしがみついた。すると真也はオレを宥《なだ》めるように身体を撫《な》でながら、舌をくにゅくにゅ押しつけてくる。

流されちゃだめって思うのに、そういうふうにされちゃうと、身体から力がどんどん抜《ぬ》けてきちゃって……。

あぁ、もう。どうして真也って、こんなにキスが上手《うま》いんだよ。真也としかしたことがないから、他の人とは比べようがないけど、絶対に上手い。

だってされているだけでものすごく気持ちよくて、まだ明るいのに、エッチな気分になっちゃうんだもん。

「んっ……も、だめっ……」

これ以上されたら身体が反応しちゃいそうで、キスの合間に訴《うった》えたのに、真也はちっとも気にした様子もなく、オレにくちづけてくる。

「……なにがだめなの？」

「それは……」

まさか本当のことなんて言えるワケもなくて目を泳がせると、真也はクスッと笑いながら頬《ほお》にちゅってキスをしてきた。

「わかってる。まこもエッチしたくなっちゃったんだろ？　いいよ、このまましよう」

「ちがっ……明日も……っ……」

明日も学校があるからだめって言おうとする前に、またキスで言葉を封《ふう》じられちゃって、身体を撫でていた手が、オレから瞬《また》く間に服を奪《うば》っていく。

真也ってば本気だ。本気でエッチするつもりなんだ。

週末だってあんなにいっぱいエッチをしたのに、週明けからまた……なんて、そんなにしてたらおかしくなっちゃうよっ！

真也がブラコンで超《ちょう》ヤキモチ妬《や》きなのは、従兄弟《いとこ》の圭《けい》ちゃんにからかわれてエッチないたずらをされた時から……ううん、それ以前、大地に押し倒《たお》された時からよ～くわかってることだけど、名前もわからないような先輩に、軽く触られた程度でヤキモチなんか妬かないでよ～！

「んっ……ん、んーっ！」

お仕置きと称《しょう》しながら、アレが空っぽになるまでエッチなことをされちゃって、学校を休まされたことのある身としては、今の状態はとても危険に思えて、じたばたと暴れた。

だけど真也の手は緩《ゆる》まない。キスも息継《いきつ》ぎがままならないほど激しくて、しばらくはそんな真也に反抗《はんこう》してたんだけど、そのうちにすっかり息が上がっちゃって、オレはシーツにぐったりと沈《しず》み込んだ。

暴れたせいで余計に体力を消耗《しょうもう》しちゃったみたいで、もう抵抗《ていこう》する気力も尽《つ》きて、はぁはぁと胸を喘《あえ》がせていると、真也はそんなオレを満足げに見下ろしながら服を脱《ぬ》ぎ捨てた。

「もう降参？」

「あ、ん……」

乾《かわ》いた肌《はだ》と肌が擦《こす》れる感触に思わず声を洩《も》らすと、真也はクスクス笑いながら耳朶《みみたぶ》を柔《やわ》らかく噛《か》んできた。その途端にぞくんって感じちゃって、思わず喉《のど》を反らすと、今度はそこに口唇が下りてくる。

ちゅっ、ちゅって音をたてながら、口唇が徐々《じょじょ》に鎖骨《さこつ》へと移動してきた。それに合わせて、身体のラインを確かめるように撫でている手が、息が上がっちゃって上下する胸に辿《たど》り着いて、指先がささやかな乳首《ちくび》を掠《かす》めてきた。

「んっ……」

ちょっと触《さわ》られただけでも身体の奥がジンとするほど感じちゃって、ふるっと震《ふる》えると、真也はクスッて笑いながら、乳首をきゅって摘《つま》んできた。

「ぁっ……だ、だめ……」

「なにがだめなの？　ちょっと触っただけなのに、可愛く尖《とが》らせておいて。まこは本当に乳首を弄《いじ》られるのが好きだよね」

「ち、違《ちが》うもんっ」

真也がオレの乳首を弄るのが好きなんじゃないか。いやって言ってもしつこく触ってきてさ。そんなだからオレも、触られるといっぱい感じるようになっちゃっただけで……。

「違わないよ。ほら、こうやってコリコリすると、もっと触ってってしてくるくせに」

「あぁン……！」

「ほら……ね？　オレの指に可愛い乳首を押しつけてくるじゃないか」

ぷくん、と尖った乳首を指先で小刻みに擦られて、思わず胸を反らすオレを見て、真也はしたりと笑ってくる。それが憎《にく》たらしいんだけど、文句を言おうにも甘えるような声しか出ない。

そのうちにもっと触られちゃって、身体がぴくん、ぴくんって跳ねた。

あぁ、もう。どうしてオレの身体って、こんなに快感に弱いんだよ。

だけど乳首をくすぐるように弄られちゃうと、身体が勝手に仰《の》け反っちゃうんだもん。

真也の言うとおりみたいで悔《くや》しいけど、それもこれも真也がいやらしく触ってくるせいで、オレがしてほしいからじゃないのに！

「んや……も、真也のばかぁっ！」

いろいろ言いたいことはあったけど、けっきょくそれしか言えずに涙の滲《なみだ にじ》んだ目で睨《にら》むと、真也は楽しそうに笑いながら、目尻《めじり》にちゅってキスをして涙を舐め取った。

「そんなに可愛く睨まないの。もっといじめたくなっちゃうだろ」

「え……っ!?」

恐《おそ》ろしいセリフにぎょっとして、咄嗟《とっさ》に逃げの体勢を取ろうとしたけど、オレの行動なんてお見通しとばかりに、退路を塞《ふさ》いだ真也に捕《つか》まって、オレは再びシーツに縫《ぬ》いつけられた。

「なんで逃げようとするの？」

「だ、だって……」

真也が恐《こわ》いんだもんっ……って、言えたらいいんだけど、本当に言ったらなにをされるかわかったものじゃないし、真上から見下ろしてくる真也をびくびくしながら見つめていると、真也はニヤリと良くない笑《え》みを浮《う》かべたまま、散々弄られて真っ赤になった乳首にちゅくって吸いついてきた。

「やぁ……ん！」

痛いくらいの刺激《しげき》に身体を強《こわ》ばらせると、今度は触《ふ》れるか触れないかっていう微妙《びみょう》な距離《きょり》で、優《やさ》しく舐められた。

「ん、ふ……」

舌先で乳首をくにゅくにゅって上下に擦られちゃうと、なんだか焦《じ》れったくなってきちゃって、オレはつい不満そうな声をあげて胸を反らした。すると真也はちゅって音をたてて吸いつきながら、まるで飴玉《あめだま》を転がすようにいっぱい舐めてくる。

「あ、あん……だめ。そんなふうに舐めちゃ……」

だめって言ってるのに、真也はやめてくれない。それどころかオレを押さえつけて、小さな粒《つぶ》を捉《とら》えようと、舌を絡《から》めるように舐めてくる。そのぬるぬるした感触《かんしょく》に、身体がジン、と痺《しび》れてきちゃって……。

「んっ……んやぁ……」

柔らかい舌で押し潰《つぶ》すようにされちゃうと、ただでさえ尖ってた乳首がどんどん硬《かた》く凝《しこ》ってくる。それを舐められちゃうと、感じるのと同時にツン、と引っぱられるような痛みが混ざってきて、オレはもうジッとしていられずに、泣きそうになりながら身体を揺《ゆ》すった。

「あぁん……だめ。もうしちゃだめ……」

「なんで？　気持ちいい……だろ？」

「ぁっ……だって……」

感じすぎて痛いんだもん。けどそんな恥《は》ずかしいこと言えないし、潤《うる》んだ目で見つめると、真也はクスッって笑いながら、舐められすぎて真っ赤になっちゃった乳首に歯を立ててきた。

「あン！　やっ……それやぁっ！」

何度も甘く嚙まれると、その度《たび》につま先までジン、て痺れるほど感じちゃって、オレは真也の頭にぎゅっと抱《だ》きつきながら身体《からだ》を震わせた。なのに真也はやめてくれなくて、もう片方の乳首にも爪《つめ》を立ててくる。

「いやっ……もうや……」

「なんで？　まこの乳首は気持ちいいって言ってるよ？」

「い、言ってないもん」

「言ってるよ。オレがちょっと嚙んだだけで、こんなにぷくんって膨《ふく》らんで……ほら、見て。こんなに真っ赤になってる」

胸全体を持ち上げるようにされちゃって、僅《わず》かに膨らんだ胸の先を、交互《こうご》にちゅっちゅって吸ってくる。その度にオレは反応しちゃって、身体をぴくんって跳《は》ねさせた。

「可愛《かわい》い……キスしてるだけなのに感じちゃうんだ？」

「んっ……」

クスクス笑われたけど、そんな恥ずかしい質問には答えるつもりはなくて、顔をぷいって逸《そ》らした。すると真也はオレが見てないのをいいことに、痕《あと》が付くほど強く吸いついてきて……。

「ふぁっ……あ、あぁん……だ、だめぇ……」

「……なにがだめなの。そんなに気持ちよさそうな声出して。こっちも……すごいぬるぬるになってる」

「ぁっ……やぁんっ！」

乳首を舌先で転がしながら、もうすっかり勃《た》ち上がっているアレを握《にぎ》られた。その途端《とたん》にまた蜜《みつ》がじゅんって溢《あふ》れてきちゃって、真也にクスリと笑われた。

「すごい、もうイきそうだね。そんなに感じてたんだ？」

「やっ……知らな……」

「自分でわからないの？　ほら……こんなにいっぱい濡《ぬ》れてるのに」

「あ、あぁん……」

溢れた蜜を塗《ぬ》り込めるようにくちゅくちゅってされちゃうと、腰《こし》から下がバターみたいに蕩《とろ》けちゃって、身体からふにゃって力が抜《ぬ》けた。そうすると真也はオレをもっと感じさせようと、大きな手で作った筒《つつ》で、根元から先端《せんたん》にかけてを一定のリズムで擦り上げてくる。

「んっ、あっ、あっ……」

やだ……やだ。真也の手に合わせて腰が勝手に動いちゃう。

真也がジッと見てるのに、こんなふうにいやらしく腰を揺らしちゃうなんて。だけどもう止められないよぉ。ものすごく恥ずかしいのに、それ以上に気持ちよくて……。

「あっ……あン……し、真也ぁ……」

「気持ちいい？」

「んっ……もちい……気持ちいいよぉ……」

もう意地なんて張っていられないほど感じちゃって、訊《き》かれるままに答えて真也の首にぎゅってしがみつくと、真也は額やこめかみにキスをくれた。

「可愛い……もっと気持ちよくなっていいよ」

「んん……真也ぁ……」

くちゅん、くちゅんって粘《ねば》ついた音をたてながら擦り上げられ、顔中にいっぱいキスされちゃうと、それだけでもうイきそうになっちゃって、潤んだ目で真也を見つめた。

「……ッちゃう。もうイッちゃうよぉ……」

「ホントだ。まこの……すごいぴくぴくしてる。乳首をちょっと弄《いじ》っただけでそんなに感じてたんだね。いいよ、見ててあげるからたくさん出して」

「あ……あ、あっ……」

オレを追い上げるように、手の動きが速まる。それがものすごく気持ちよくて、オレは真也にしがみつきながら身体を震《ふる》わせた。

「あ、しん……真也ぁ……」

身体の奥から甘酸っぱい感情が溢れてきて、甘えるように見上げると、真也はクスッて笑いながら、オレにちゅってキスをしてきた。それから耳朶《みみたぶ》をはむって嚙《か》まれちゃって、耳の中を舐《な》めながら扱《しご》かれているうちに、もう我慢《がまん》できないくらい感じちゃって、オレはがくがく震えながら真也の手の中に射精してた。

「ん……っ……あ、ふぁぁんっ！」

身体を仰《の》け反らせ、つま先までピン、と張り詰《つ》めるオレを促《うなが》すように、真也がいっぱい擦《こす》ってくる。そうされるとまたちょっとずつ射精しちゃって、オレはぶるりと身体を震わせた。

そしてすべてを出し尽《つ》くして、ぐったりとしながら息をついていると、真也はまたちゅってキスをしてきた。

「すごく可愛かったよ」

「ん……」

耳許《みみもと》で囁《ささや》かれるだけでも今はものすごく感じちゃって、肩《かた》を竦《すく》めた。

そんなオレを笑いながら、真也はオレを落ち着かせるように身体をゆっくりと撫《な》でてくる。

その感触が気持ちよくてされるがままになっていると、そのうちに真也の手がお尻《しり》をするっと撫でてきた。

「あ……」

「オレはこっちで気持ちよくさせてもらうね。まこが可愛くてオレも限界なんだ……」

言いながら脚《あし》をぐいって開かれて、その間に真也が滑《すべ》り込んでくる。その拍子《ひょうし》に真也のおっきくなったアレが脚に擦れて、ものすごくドキドキした。

もう何度もエッチをしてるけど、恥ずかしくてあんまり直視できない。だけど真也のアレはオレよりもおっきくて、形も違《ちが》って……ものすごく熱いんだ。

こんなに大きなのが入ってくるなんて未《いま》だに信じられないけど、それで中を掻《か》き回されちゃうと、射精する時とは違う、湧《わ》き上がるような快感が身体の奥から来て、ものすごく気持ちよくなっちゃうんだ。最初はちょっと苦しいけど、真也がゆっくり慣らしてくれるから、腰が蕩けちゃうくらい感じちゃって……。

「待ちきれない？」

「ちが……」

入ってくる時のことを想像しているのがバレた気がして真っ赤になって首を振《ふ》ると、真也はクスクス笑いながら、オレの脚を更《さら》に大きく開いてきた。

「けどまこのここ、早く触《さわ》ってって……ほら、もうひくひくしてるよ？」

「あん……！」

何度しても恥ずかしいポーズに目を伏《ふ》せているうちに、真也は脚の間に手を滑り込ませて、まだ硬く閉じている孔《あな》をゆるゆると撫でてきた。

「ほら、ちょっと触っただけなのに、オレの指を食べたがってぱくぱくしてる。あ、今ちょっと中が見えたよ？」

「やっ……い、言わないでよぉ……」

真也にしか見せたことのない恥《は》ずかしい場所の様子をつぶさに説明されて、顔と言わず全身が真っ赤になっちゃって、オレは身体を捩《ねじ》って逃《に》げようとした。けど。

「こーら。そんなにいやらしく腰を振ってたら入っちゃうよ？」

「やっ……あ、あンっ！」

「あぁ、ほら、入っちゃった」

逃げているうちに真也の指がするんって奥まで入ってきた。オレの出しちゃったので濡れてるから痛くはなかったけど、いきなりの挿入《そうにゅう》に身体が強《こわ》ばる。

「まこが動くから悪いんだよ。ゆっくり入れてあげようと思ったのに自分から入れちゃうなんて、本当にまこはエッチだね」

「やぁ……ちが……違うもんっ」

「どこが違うの？　まだ指を入れただけなのにこんなに吸いついてきて。ほら……こうやってくちゅくちゅすると気持ちいいんだよね？」

「やぁん……そんなにしちゃやぁっ……」

中をいっぱい掻き回されちゃって、身体が仰け反った。それでも真也は意地悪く、わざと音をたてながら指を出し入れしてくる。

「ん……ふぁっ……あ、あっ……」

　エッチなことを言われて意地悪されてるのに、悔《くや》しいけど、そういうふうにされちゃうと、ものすごく気持ちよくなってきちゃって、身体《からだ》から力が抜けてくる。そうすると真也は指を増やして、もっと奥まで探《さぐ》ってきて……。

「あっ……あっ……」

「まこの中、気持ちいい。柔《やわ》らかくて温かくて……早く入りたいな」

「ん……ふ……」

　指をくちゅくちゅと出し入れしながら耳許で囁かれると、それだけで感じちゃってぞくぞくする。

　最初は変な感じしかしなかったのに、真也にいっぱいされているうちに、指だけで気持ちよくなるようになっちゃったんだ。

　ものすごく恥ずかしいけど、身体の奥がむずむずして、オレもどんどんエッチな気分になってきちゃって。

「あ、あん……真也ぁ……」

「まこ、ものすごく感じてる顔してる。気持ちよくなってきちゃった？」

「ん……ん……もちい……気持ちいいよぉ……」

　ここまで高められるとオレも止まらなくなっちゃって、真也の恥ずかしい質問にこくこくと頷《うなず》きながら、指の動きに合わせて腰《こし》を揺《ゆ》らした。すると真也は、くん、て腰を突《つ》き上げた瞬《しゅん》間《かん》に、指をぐいって奥まで突き入れてくる。

「あ……あっ、そこ……っ……」

「ここがいいんだよね？　ここをコリコリって擦ると、まこの中、すごく柔らかくなるんだ」

　一番感じちゃう場所を指先で擦られちゃうと、腰が勝手に跳《は》ねる。それでも真也は構わずに突いてくるから、オレはもう我慢できなくて、涙《なみだ》を流しながら真也を見上げた。

「んっ……んぅ……そこもうやだぁ……」

「またイッちゃいそう？」

「ん、んん……」

　そのとおりだからこくこくと頷いた。なのに。

「もう少し我慢して。今度は一緒《いっしょ》にイこう」

「あっ……や、やぁっ！」

　勃《た》ち上がってふるふると震えているアレを、イかないようにきゅって掴《つか》んだまま、真也はオレの中を解《ほぐ》していく。

　くちゅん、くちゅんっていやらしくて粘ついた音がするほどいっぱい出し入れされちゃうと、もうワケがわからないほど感じちゃって……。

「あ、あんん……し、真也ぁ……」

「……なに？」

「もういいから……お願い、もう来て……真也がいいよぉ……」

涙目で訴《うった》えると、真也も熱っぽい目でオレを見つめて、ゆっくりと覆《おお》い被《かぶ》さってきた。

「可愛《かわい》くおねだりできるようになって偉《えら》いね。いいよ、一緒に気持ちよくなろう……」

「あんんっ……」

指が引き抜《ぬ》かれてすぐに、真也のアレがひたりと触《ふ》れてきた。そしてゆっくりと、確かな質感を持ってオレの中に入ってくる。

「あ……ん……んっ……」

真也が突き進んでくるのと同時に、身体の奥からせつない感情が込《こ》み上げてきて、まるで身体が上に引っぱられるような感覚がした。苦しいんだけど、それだけじゃなく、幸せな気分になれて、真也がものすごく愛《いと》おしくなるんだ。

「まこ……」

「ん……真也……」

すべてを収めた真也に熱っぽく囁かれて、オレは真也にぎゅって抱《だ》きついた。すると真也もオレを抱きしめ返してくれて、ゆっくりと動き出した。

「あ……あン……あっ……」

「……気持ちいい？」

「ん……うん……真也は？」

「すごくいいよ……オレが動くと出ていっちゃいやって、まこの中が吸いついてきて……ほら、わかるだろ？」

「あんん……そんなにしちゃ……っ……」

浅い所で出し入れされちゃうと、真也がどうやって動いてるのかがわかる。

ゆっくりと引き抜かれると、無意識のうちにつま先まで力が入っちゃって……。

「……ね？　出ていこうとすると、きゅって締《し》めつけてきて……搾《しぼ》り取られそう」

「んっ……」

やだ……真也がクスクス笑うと、それがお腹に響《ひび》いて感じちゃう。指の先まで痺《しび》れたみたいになって、ものすごく気持ちいいよぉ。

「まこ、そんなに締めつけたらイッちゃうよ」

「や……やっ……」

「すぐにイッちゃいやなの？　本当にまこはエッチだね。もっと突いてほしい？　オレにこうやって……たくさん擦《こす》られるのがいいの？　くちゅくちゅ掻き回されると感じちゃう？」

「んんっ……いやぁっ……わないで……言っちゃや……」

恥ずかしいことを言われたら余計に感じちゃって、思わずしがみつくと、真也はぐっと奥まで突き進んできた。そして中を掻《か》き回しながら、ぬるぬるになっちゃってるアレを擦ってくる。

「まこ……まこ、可愛い……」

「あっ、あ……だめ。奥や……」

「奥つつくの好きだろ？　ほら、ものすごく感じてる」

「あぁん……あ、だめぇ……！」

奥をつつかれるとものすごく感じちゃって、頭の中が真っ白になる。身体からも力が抜けちゃって、真也にしがみつくこともできなくなっちゃって……。

「あん、んんっ……もうだめ……もう奥やぁ……」

「本当にまこは……」

これ以上、奥をつつかれたらどうにかなっちゃいそうで、泣きながらお願いすると、なぜか中にいる真也がぐっと大きくなった。

「可愛すぎるよ……お願いだからそんな顔、他《ほか》の誰《だれ》にも見せないで」

「やぁん……そんなの……」

自分がどんな顔をしているかなんてわからないけど、そんなの当たり前じゃないか。真也以外にこんなにエッチな自分を見せたくないもん。

「まこ……まこ……まこは全部オレのモノだよ……」

「あんんっ……」

真也だってオレのモノだよって言いたいのに、ぎゅって抱きしめられたかと思ったら、ずくずくと突き上げられて、もうマトモな言葉なんかしゃべる余裕《よゆう》もなくなった。

いつも以上の激しい律動に、オレは枕《まくら》を握《にぎ》りしめたまま、ただ甘い声をあげ続けた。

「まこ……まこ……誰にも渡《わた》さない。ずっとオレだけのものでいて……お願いだからもう誰にも触《さわ》らせないで……ここも……ここも」

「あっ……やぁん……あ、あっ、あっ……」

オレの中を行き来しながら、真也が身体中を撫《な》でてくる。尖《とが》りきった乳首も摘《つま》まれちゃって、それをされる度《たび》に中にいる真也を締めつけてた。

「すごい……まこの中。乳首摘むとすごく吸いついてくる……」

「あ、あんん……だめ。そんなにしちゃ……っ……」

「そんなにこれがいいの？　だったらもっといっぱいしてあげる」

「やぁっ……だめ。だめだよぉ……そんなにしたらオレっ……」

両方の乳首をきゅっ、きゅって引っぱりながら腰を打ちつけられると、気持ちよすぎて腰が真也の動きに合わせて勝手に動いちゃう。

腰が一番高くなる所で深く突き上げられているうちに、なんだか熱いものが込み上げてきて、身体がどんどん高みへと昇《のぼ》り詰《つ》めていくような感覚がしてきた。

オレをいいように翻弄《ほんろう》してきた真也も言葉数が減ってきて、オレの上ではぁはぁと荒《あら》い息をつきながら、少しせつなげに眉《まゆ》を寄せて腰を揺《ゆ》らしてる。

その表情がものすごく色っぽくて、オレはがくがくと揺さぶられながらも真也を見つめた。

そしてそんなオレを真也もジッと見つめてきて……。

「まこ……まこ……好きだよ……大好き……」

「ん、あんん……オ、オレも……真也が好き……真也じゃなきゃや……」

それだけはどうしても伝えたくて、詰まりながらも口にすると、中にいる真也が更《さら》におっきくなった。

「……っ……まこ……だめだ。もう……」

「あっ、あー……っ……」

ぐい、って押し入ってくる真也の熱さに、オレは目を見開いた。

いやっ。こんなに深くされたら、オレ、おかしくなっちゃうよぉ！

ただでさえ気持ちいいのに、これ以上悦《よ》くなっちゃったら、オレ――。

「やっ……やぁぁん……し、真也ぁ……」

容赦《ようしゃ》のない突《つ》き上げに、オレは身体《からだ》を弓形《ゆみなり》にしならせた。すると真也はオレの腰を掴んで、これ以上ないってくらい密着しながら、ものすごく深くに入り込んできて……。

「まこ……っ……まこ……」

「ふ……あ、あぁぁん！」

アレの先端《せんたん》で奥を捏《こ》ねるように掻き回されたら、もう気を失っちゃいそうなほど感じちゃって、オレはたいして触られてもいないうちに射精してた。そしてほぼ同時に真也もオレの中で果てて、ぎゅって抱きついてくる。

「……まこ……」

「んっ……ぁっ……っ……」

何度も身体を搾《しぼ》って、お互《たが》いにすべてを出し尽《つ》くすと、オレたちははぁはぁと喘《あえ》ぎながらベッドへ沈《しず》み込んだ。

オレはイッた時の、目も眩《くら》むような快感がまだ尾《お》を引いてて、指一本すら動かすこともできずに、ただボーッと宙を眺《なが》めていた。だけど真也はまだ足りないとでもいうように、舌を絡《から》める濃厚《のうこう》なキスをしてきて……。

「ん……ん……？」

キスをされているうちに、中にいる真也がまた硬《かた》くなってきたのに気づいて、ハッと我に返った。だけどその時にはもう真也が、オレを揺さぶり始めているところで……。

「や……やっ……ウソ！」

「ごめん。もう少しつき合って」

ちょっとだけ申し訳なさそうな顔をしながらも、真也は腰《こし》をがんがん打ちつけてくる。

抵抗《ていこう》したいけど、イッたばかりで力が入らないのと、身体がものすごく敏感《びんかん》になっているせいで、抵抗らしい抵抗もできずに、オレはけっきょく真也のいいようにされちゃって……。

もう、信じられないっ！　謝るくらいなら一回で済ませてよぉ！

平日にそんなにしたら、本当に壊《こわ》れちゃうってば！

「まこ……好きだよ」

「んっ……ば、ばかぁっ……」

「大好き」

とっておきの表情で甘く囁《ささや》かれても、今度ばかりは素直《すなお》に受け止められなくて、ちょっと泣きそうになりながらも真也を睨《にら》んだ。

「ぁっ……も、もうやだってば！」

「いい子だから素直になって……ね？」

「オ、オレのほうが兄ちゃんなんだぞっ。そんな子ども扱《あつか》い……あぁんっ……」

「だ・か・ら。たった数分違《ちが》いで生まれただけなんだから拘《こだわ》ることないって言ってるだろ？」

「オレは拘りたいって何度も言って……あ、やっ……」

「ほら、もういい子だからこっちに集中して」

「や……やぁん……あ、あっ……」

文句のひとつも言いたかったけど、一番感じちゃう場所を擦《こす》られ、揺さぶられているうちに、オレもどんどん気持ちよくなってきちゃって……。

「う〜……」

オレは枕を抱《だ》きしめながら、鼻歌でも歌いそうな雰囲気《ふんいき》でジーンズを穿《は》いている真也を恨《うら》みがましく睨んでいた。

けっきょく第二ラウンドどころか第三ラウンドまで持ち込んだ真也は、ヤキモチを妬《や》いてたことなんてなかったかのように、もうすっかり機嫌《きげん》を直してる。

だけど反対にオレのほうは真也につき合わされたおかげで、腰は怠《だる》いし、ベッドから起き上がるのも億劫《おっくう》なくらいいくたくたになっちゃって……。

それは確かにしてる時は気持ちよかったけど、なんだかすごく不公平な気がするんだけど。

名前も知らない先輩《せんぱい》に触られただけで、なんでここまでされなくちゃいけないんだよ。

真也がヤキモチ妬きなのは、この身をもってよ〜〜〜〜く思い知らされてるけど、ものには限度があるじゃないか。

「まーこ。いい加減に機嫌直して」

「……オレ、いやって言ったのに三回もして……」

オレの視線に気づいた真也が頭を撫でてきたけど、オレはふて腐《くさ》れたまま、そんな真也を冷たく睨んだ。

そんなふうに優《やさ》しくしてきても、今さら遅《おそ》いよ。本当なら叩《たた》いてやりたいくらいだけど、今は力が入らなくてそれもできないし、余計に憎《にく》たらしい。

「ヤキモチ妬くのもいいけど、オレの身体のことも考えてよ」

「仕方ないだろ。まこが可愛《かわい》すぎるのが悪い」

「オレのせい!?」

あまりにもさらっと言われて、思わずがばっと起き上がった。その途端《とたん》に腰がずーんと響《ひび》いてものすごく後悔《こうかい》したけど、それどころじゃない。

だってそこは普通《ふつう》、謝るところじゃないか？

百歩譲《ゆず》って謝らなくても、オレの意見に同意するくらいはしてもいいと思うんだけど！

もう真也の言葉が信じられなくて、文句すら言えずに凝視《ぎょうし》していると、真也は澄《す》ました顔をして、オレをちらりと見下ろしてきた。

「そう、全部まこが可愛いから悪いんだよ。セックスする時もまこの反応が可愛すぎて、オレのセーブが利《き》かなくなるんだし、上級生に狙《ねら》われるのも、まこが可愛いのが悪い」

「なっ……だ……どうしてそうなるんだよっ！」

「本当のことを言ってるだけだよ。特に狙われるっていう点においては、まこにも隙《すき》があるからなんだからね。オレや大地がいくら目を光らせていても、肝心《かんじん》のまこが無防備だから、抱きしめられたりお尻《しり》を触《さわ》られたりするんだし」

「う……」

それは危ないところを助けてもらったこともあるし、オレも真也と大地には感謝してるよ？

オレに隙があるっていうのも、もしかしたら真也の言うとおりなのかもしれないけど……。

けどけどっ、今日の件と真也が言ってることは別問題じゃないかっ！

「今日のは本当に階段から落ちるところだったんだよ？　もしあの場所に先輩がいなかったら怪我《けが》してたかもしれないんだから」

「それについては、二年生に感謝してやってもいい。けど、その特典が多すぎる」

真也は偉《えら》そうに言ってくるけど、けっきょく行き着く先はそこか。

つまりは、ヤキモチ……だよねぇ？

もう、どうしてそこまでヤキモチが妬けるのかなぁ。

オレも真也の取り巻きが真也に抱きついたりすると、ちょっとだけムッとしたりするけど、ムッとするのはその時だけで、すぐに忘れちゃうのに。

一度として真也の取り巻きにヤキモチらしいヤキモチを妬いたことがないから、いつまでも根に持つ真也の気持ちがちっともわからないよ。

「ただちょっとお尻を触られただけなのに……」

「なに軽く考えてるんだよ、重要な問題じゃないか」

呆《あき》れ返るオレに、真也は大真面目に言ってくる。よっぽど抱かれたりお尻を触られたりしたのが気に入らないらしい。けど、もうつき合いきれないよ。

「もう真也、ヤキモチ妬きすぎっ！　それじゃ、ちょっとでもオレが誰《だれ》かとくっついたら、その度にこんなことするつもり⁉」

「当然だろ」

「…………」

間髪《かんはつ》入れずに答えられて、なにか言う気も失《う》せた。

そうか……そうなんだ。オレや相手にその気がなくても、真也が怪《あや》しいと判断したら、接《せっ》触《しょく》しただけで、ここまでされちゃうんだ……。

真也のことだから、ただちょっと肩《かた》が触《ふ》れたり話しかけられたりしただけでも、なんだかんだと理由をつけてエッチを要求してくる気がする。

櫻ヶ丘は男子校なのに。普通に女の子が好きな生徒のほうが大半のはずなのに。

まだ入学したばかりだけど、オレ、無事に卒業できるのかなぁ？

このままじゃ真也にエッチばっかりされて、出席日数が足りなくて留年しちゃうかも……。

「夏服になって余計に心配なんだ。まこは腕《うで》が細いから、腕をちょっと上げると袖《そで》から可愛い乳首《ちくび》が覗《のぞ》けちゃうし、制服が濡《ぬ》れたら透《す》けて見えちゃうし……このままどこかに閉じ込めて、来月から始まる水泳の授業も全部休ませたい」

ちょっと自分の将来について儚《はかな》んでいるうちに、真也はベッドに腰《こし》を下ろし、オレをぎゅっと抱きしめながら髪に頬擦《ほおず》りしてきた。

はぁ……もう、どこまで心配性《しょう》なんだよ。ここまで行くと病気だよ。

オレを好きだからこそ心配してくれてるのはわかるし、嬉《うれ》しいと思う気持ちはあるよ？

けどここまですごいとちょっと窮屈《きゅうくつ》。

昔から甘ったれでオレにべったりくっついてきてたから、オレもそんな真也が可愛くてつい甘やかしてきたけど、ちょっと甘やかしすぎたかも。

「真也」

「なに？」

「あんまり変なヤキモチばっかり妬いてると嫌《きら》いになるよ」

ちょっと本気の声で言い切ると、オレを抱きしめていた真也がびくっと反応した。

オレが本気で怒《おこ》ると恐《こわ》いことを知っているせいか、かなり効いたみたいだ。

少しは反省したかなぁと思ってちらっと見上げると、反省どころか真也は不機嫌も露《あら》わに眉《み》間《けん》に皺《しわ》を寄せて、口唇《くちびる》を尖《とが》らせていた。

「……まこはヤキモチを妬いたことがないから、そんな冷たいことが言えるんだ。昔からそうだよね、オレが誰かと遊んでいても、まこは一度だってヤキモチ妬いてくれなかったし」

そう言われてみればそうかも。真也が誰かと遊んでいても、別になんとも思わなかったし、オレはオレで楽しく遊んでいた記憶《きおく》しかない。

けどヤキモチを妬いた記憶がないのには、大きな理由がある。

「だってそれは、オレがヤキモチを妬く前に、真也のほうが先にヤキモチ妬くからだろ」

オレが大地や他の友だちと楽しく遊んでいると、必ずと言っていいほど真也が拗《す》ねて割り込んできてたじゃないか。だからきっとオレは、そういう感情を持ったことがないんだ。

ヤキモチを妬こうにも、そう思う対象がなかったんだから仕方ないよな。

それにしても……。

「ちっちゃい頃《ころ》から考えると、本当に真也ってヤキモチ妬きなんだねぇ……」

昔のことを思い返してみるとつくづくそう思えちゃって、つい感心したように言うと、真也はちょっと決まり悪そうな顔をしながらも、ぎゅっと抱《だ》きついてきた。

「仕方ないだろ。それだけまこを愛してるんだから」

拗ねた口調で言う真也を見ていたら、ものすごく可愛く思えてきちゃって、オレは笑いを堪《こら》えるのに必死だった。

まったく。オレよりこんなに大きく育ったくせに、中身はちっちゃい頃とちっとも変わってないじゃないか。

けど、そういう部分も含《ふく》めてオレは真也が好きなんだなぁって、改めて実感しちゃったよ。

度が過ぎるけど、オレを愛してくれてるからなんだし、これはもう諦《あきら》めるしかないか。

ヤキモチ妬《や》きで甘ったれだけど、ものすごく格好良くてオレにはうんと優しい真也が大好き。

「もう、しょうがないなぁ……ホント真也は甘ったれなんだから」

「せめて溺愛《できあい》してるって表現して」

「はいはい」

頭を撫《な》でてあげると、真也はまだ拗ねた顔のまま恨《うら》みがましく見つめてきた。それに笑い返してちゅってキスしてあげると、真也もようやく機嫌《きげん》が直ったようで笑顔《えがお》になった。だけどまだオレのことは放さずに、顔を寄せてきて……。

「……ね、もっとキスして」

「いいよ」

大サービスとばかりに、ちゅっちゅって何度もキスしてあげると、真也はクスクス笑いながらそれに応《こた》えてきた。そしてそのうち触れ合うだけだったキスが少しずつ深くなってきて、なんとなくまたベッドに倒《たお》れ込んだ時だった。

「おーい！　まこ〜っ！」

オレの部屋の窓ガラスをバンバン叩《たた》く音と共に大地の大声が聞こえて、オレたちはピタリと動きを止めた。

「……大地……」

いつものことだけど、あまりのタイミングの良さに、オレはついため息交じりに呟《つぶや》いてた。

真也も邪魔《じゃま》をされたのが相当ムカついたのか、不機嫌そうな顔をしてる。だけどその間も大地はお構いなしに、大声で呼びかけてくる。

「おい、まこって！　いるんだろ、早く開けろよ〜」

オレの部屋の真向かいに部屋がある大地は、こうやって毎日のように窓から遊びに来るんだけど、もう大地が遊びに来る時間だっけ？

大地は空手部に所属しているから、たいていは部活が終わって晩ご飯を食べてから遊びに来るのに、今日はちょっと早すぎない？

「お〜い、まこー、寝《ね》てんのか？　起きてるよな〜？　てか、起きろ〜！」

「……まったく、うるさい奴《やつ》だな……」

しつこい呼びかけに、真也はため息をついて立ち上がると、窓のほうを振《ふ》り返る。けどそれを見たオレはものすごく焦《あせ》った。

「ちょっと待って！　オレまだなにも着てないっ！」

なにも着てないどころか、ベッドがすごい有様なんだけど！

タオルケットは床《ゆか》に落ちてるし、その周りにオレと真也の服がぐちゃぐちゃに散らばってて、なにをしてたか一目瞭然《りょうぜん》なんだ。こんな状態を大地に見られたらバレちゃうよ！

とはいっても、大地にはオレたちがつき合ってることは、しっかりバレてるんだけどね。告白こそされてないものの、大地に迫《せま》られて真也を好きなんだって自覚したし。

けどそれとこれとは別。いくらつき合ってるって知ってても、こんなに生々しい現場を見られるワケにはいかないしっ！

「ちょっと真也っ、まだ開けちゃだめだからね！」

「わかってるよ。オレもまこのキスマークが付いた色っぽい裸《はだか》を見せたくないしね。とりあえずシャツだけでも着て」

「う、うん」

大地は窓を叩いて急《せ》かしてくるし、慌《あわ》ててシャツを拾い上げて着込むと、それ以外の服はベッドの下に突《つ》っ込んだ。シーツと身体《からだ》に残っている名残《なごり》が気になったけど、そんなことは構っていられないし、タオルケットは犠牲《ぎせい》にすることにして、それで下半身とシーツをきっちりと隠《かく》した。

そこまでしてからようやくホッとして真也を見てみれば、なぜか真也はちっとも焦った様子もなく、シャツも着ないで窓際《まどぎわ》に立っていた。

「もういい？」

「うん……ていうか、どうして服着ないの？」

オレのもっともな質問に真也はにっこりと微笑《ほほえ》んでくるだけだった。その笑顔が恐かったけど、それを問い質《ただ》すよりも先にカーテンと窓を開けちゃって……。

「ったく、なにもたもたして……って、なんで真也が開けるんだよ」

窓枠《まどわく》に足をかけるなり上半身裸の真也を見て、大地はあからさまにいやそうな顔をした。そしてハッとした様子で、ベッドの上で引きつった笑みを浮《う》かべるオレを見つめてから、ものすごく恐い顔で真也を睨《にら》んだ。

「真也、てめぇなにしてたっ！」

真也より背が高くて、子どもの頃から空手をやっているだけあって、全身が鍛《きた》え上げられている大地がそうやって凄《すご》むとすごい迫力《はくりょく》だ。櫻ヶ丘の工藤《くどう》で近隣《きんりん》の不良さんたちに名前が通っちゃうくらい恐《おそ》れられている理由がよくわかる。

なのに真也はちっとも臆《おく》した様子もなく、逆になぜか勝ち誇《ほこ》った顔をして、恐い顔をする大地に笑みを浮かべた。

「言ってほしいのか？　愚問《ぐもん》だと思うが、たった今まで……」

「待て、言うなっ！　言わなくていいっ！　くっそぉ……もうちょっと早く帰ってればこんなことにならなかったのに……」

真也の言葉を遮《さえぎ》った大地は、短くて真っ黒な髪《かみ》をばりばりと掻《か》きむしって、悔《くや》しそうな顔をしながらもオレをジッと見つめてきた。だけどオレは大地と目を合わせることができなくて、真っ赤になりながらサッと視線を逸《そ》らした。

「くっ……真也に言われるよりムカつく……」

オレの態度が気に入らなかったのか、大地は余計にイラついた口調で呟いた。

や、やっぱりバレるよねぇ？　けど、真也みたいに開き直れるほど神経が太くないし、仕方ないじゃないか。

「別に大地が早く帰ってこようが結果は変わりないけどね。わかったならさっさと帰れ。まこが起きられないだろ」

「るせー、誰《だれ》が帰るかっ！」

売り言葉に買い言葉じゃないけど、大地はムキになってるようで、真也を押しのけて部屋に上がり込んできた。

こんなたった今終わったばかりですっていう姿を見られたくなかったけど、大地はベッドに近づいて顔を覗《のぞ》き込んできた。

「おい、まこ、大丈夫《だいじょうぶ》か？　どうせ真也に無理やりされたんだろ？」

「……えっと……」

当たっているだけに言葉に詰《つ》まると、背後でため息をついている真也を、大地はすごい顔で振り返った。

「無理やりなんて卑怯《ひきょう》なことしていいのかよ、委員長。優等生の名が泣くぜ」

「大地にだけは言われたくないね。無理やり押し倒してまこを泣かせたのはいったい誰だったかな？」

「う……るせーな。過去のことをほじくり返すんじゃねぇ。もう済んだことだろ」

「こっちもたった今済んだところなんだ。これから仲良く風呂《ふろ》に入るつもりだから、さっさと帰ってくれないかな？」

真也はものすごくにっこりと微笑んで、とんでもないことを言いだした。

まるでテニスをして汗《あせ》をかいた後です、とでもいうような爽《さわ》やかな言い方だったけど、言った内容はあからさまで、オレは真っ赤になりながらも青くなって、恐る恐る大地を見上げた。

するとオレの予想どおり、笑顔を向けられた大地は、それはもう、ものすご～く怒《おこ》ってて……。

……恐《こわ》い。恐すぎるよ二人ともっ。どうしてすぐにこういう展開になっちゃうんだよ～！

いつものことだけど、オレのことになるとどうしてこんなに仲が悪いの!?

殴《なぐ》り合いのケンカこそしないものの、毎回毎回イヤミな口ゲンカをする二人に挟《はさ》まれるオレは、いったいどうしたらいいんだよぉ。

真也の味方をしたら大地が拗《す》ねちゃうし、大地の肩《かた》を持ったら真也にエッチなお仕置きをされちゃうし、もう逃《に》げ出したい。

けどシャツ一枚っていう格好じゃ逃げようにも逃げられないし、本当にもういい加減にしてほしいよ……。

「も～……やめてよ二人とも。オレもう疲《つか》れた……」

身体がっていうのもあるけど、二人のやり取りのせいで精神的に疲れちゃって、仕方なく仲裁に入ると、睨み合いを続けていた二人が同時にオレを見た。

「な、なに……？」

いきなり注目されてびくっとすると、二人は同時にタオルケットに手を伸《の》ばしてきた。

「ちょっ……真也っ、大地っ⁉」

まさかそんなことされると思わなくて慌てて押さえたけど、二人がかりで捲《まく》られちゃうと抵《てい》抗《こう》できなくて、あっという間にタオルケットを奪《うば》われた。すぐにシャツを引っぱって隠したけど、二人はそんなオレの手を退《ど》けて恥《は》ずかしい場所をジッと見つめてきて……。

「大丈夫？　無理させちゃったかな。どこか痛い？」

「んだよ、まだべとべとじゃんか。こっちも真っ赤に腫《は》らして……何回イッたんだ？」

「や、やだー！　も、見ないでよぉ！」

二人にまじまじと覗き込まれちゃって、オレは真っ赤になって怒《ど》鳴《な》った。すると真也もハッと気づいて、すぐにタオルケットを戻《もど》してくれた。

ようやく隠せてホッとしたけど、今度はこのことで二人のケンカが始まった。

「なにをタダで見てるんだおまえは」

「いくら払《はら》えばいい？　今晩使うからもっと見せろ」

「誰が使わせるかっ。今すぐ記《き》憶《おく》から消去しろ！」

「いや、もうバッチリ覚えてるから。で、おまえの回数はいいからまこは何回イッたんだ？」

「ノーコメントだ」

「そのくらい教えろっ！」

「教えるかっ！」

……もうやだ。二人してなに話してるんだよ……。

どうしてオレの周りってこんななの？

オレのせいじゃないよね？　二人の関係が変なんだよね!?

他《ほか》の人がオレにちょっかいをかけてくると、ものすごく息の合ったコンビネーションで撃退《げきたい》するくせに、二人になるとケンカばっかりしてさ。

というか、ケンカしているように見えるのは、オレの気のせい？

仲が悪いように見えて、実はこれが二人のコミュニケーションだったりする？

今もほら、なんだかどんどんくだらない言い合いになってきてるし……。

「るせーぞ、真也っ！　いいからさっさとまこの回数と好きな体位教えろっ！」

「どさくさに紛《まぎ》れてなにを訊《き》いてるんだ。だいたいなんでおまえにオレたちの大事な秘密を教える必要がある。独り者はこれだから……」

「あぁ!?　なんだ、その蔑《さげす》みの目は！　おまえ今、マジで憐《あわ》れんだろ！」

「さっさと諦《あきら》めろ、馬鹿者《ばかもの》め」

勝負あったとばかりに真也がほくそ笑《え》むと、大地はぎりっと歯を嚙《か》み締《し》めながらも、まだ食いついてきた。

「誰が諦めるかっ。てか、おまえが諦めろ。昔っから邪魔《じゃま》ばっかりしやがって！」

「邪魔をしてたのはおまえだろ。昔から勝手に割り込んできて」

「割り込んでくるのはおまえじゃねーか。オレたちが仲良くしてると泣きながら割り込んできたくせによ」

「それでまこがオレに優《やさ》しくすると怒って、まこを泣かせてたのはどこの誰だ？」

あぁ、そうそう、そうだった。オレと大地が仲良く遊んでると、真也が泣きながら怒ってオレにくっついてきたんだよね。けどオレと真也が仲良くしてると、今度は大地がムキになってオレにちょっかいをかけてきて、大地がオレを泣かせてたから、どっちもどっちだよな……。

というか、ちっちゃい頃《ころ》から二人に振《ふ》り回されているような気がしてきた。

あんまり深く考えたことなかったけど、一番気を遣《つか》ってたのはオレじゃない？

けどもう二人の言い合いに口を挟む気にもなれずに、オレは二人の怒鳴り合う声から逃《のが》れるように、タオルケットにくるまってベッドに突《つ》っ伏《ぷ》したのだった。

火曜日

もうすっかり葉桜になっているけど、校門から正面玄関《げんかん》まで続く桜並木を、真也と一緒《いっしょ》に歩きながら、オレは大きなあくびをした。

「まだ眠《ねむ》いの？」

「誰《だれ》のせいだよ」

涼《すず》しい顔で訊いてくる真也をジロリと睨《にら》んで、口唇《くちびる》を尖《とが》らせた。

朝だから当たり前だけど、すっきりした顔しちゃってさ。オレなんか昨日の疲れがまだ取れないのにバスに揺《ゆ》られたせいで、登校早々もう疲れちゃったよ。

それは昨日の夜も、大地とひとしきりやりあった後、ベッドから起き上がれないオレの代わりに、真也が晩ご飯を作ってくれたし、今朝だってまるで王子様みたいにあれこれ世話してもらったけど、通りかかる生徒に爽やかに挨拶《あいさつ》する真也を見てると、恨《うら》み言のひとつも言いたくなるのも仕方ないよな。

それにしても、いったいいつの間に、朝の挨拶を交《か》わすほどの知り合いがこんなにたくさんできたんだろう？

入学してまだ二ヶ月なのに、みんな真也に声かけてきてさ。声をかけてくるのはほとんどが一年生だけど、たまに二年生や三年生の先輩《せんぱい》も親しげに真也に手を上げたりしてるし。

やっぱりクラス委員長ともなると、それだけつき合いがあるってことなのかな。オレなんてクラスメイトしか知り合いなんていないもん。

けど、正面玄関までの朝の挨拶なんて、真也にとってはまだ序の口なんだよね。オレもう離《はな》れてようっと。

「まこ？　どうかした？」

玄関で靴《くつ》を履《は》き替《か》えてから、何気なさを装《よそお》って歩く速度を緩《ゆる》め、真也との距離《きより》を置こうとしたのに、真也はすぐに気づいて、そんなオレを振り返った。

「もしかして歩くの辛《つら》い？　このまま保健室行く？」

オレがよっぽど疲れて見えたのか、真也はオレの肩を抱《だ》き寄せて、心配そうに顔を覗《のぞ》き込んできた。

「もう、ただでさえ悪目立ちしてるのに、こんな場所でくっつくなよ」

「別にいいだろ。バスでもオレに寄り掛《か》かってたんだし」

「だってそれは混んでるから仕方ないじゃないか……」

学院専用じゃなく市バスだけど、終点の学院までは、櫻ヶ丘の生徒で満杯《まんぱい》状態なんだ。だから仕方なく真也に抱き寄せられるまま寄り掛かってたけど、こんなに生徒がたくさん歩いてる廊下《ろうか》でまでくっつく必要ないじゃないか。

「とにかく保健室行こう」

「平気だってば。登校してすぐに保健室で休むくらいなら休んでるよ」

このままじゃ本当に連れていかれそうだし、真也の袖を引っぱって引き止めた。すると真也も保健室に連れていくのは諦めたみたいだけど、オレがぐったりとため息をつくと、真也はなぜかムッとした顔で見下ろしてくる。

「だったらそんな顔しないで」

「え……？」

「まこ、今すごく頼《たよ》りなさそうな顔してる」

「頼りなさそうって……オレ、そんな顔してる？」

あんまりよくわからないけど、頬《ほお》に手を当てて首を傾《かし》げるオレを、真也はまるで隠《かく》すように身体《からだ》を密着させてくる。

「ちょっ……真也!? 危ないよっ！」

階段を上っている途中《とちゅう》なのに、抱き込むようにされちゃって、オレはじたばたと暴れた。なのに真也はやめてくれなくて、辺りを憚《はばか》るように覆《おお》い被《かぶ》さってきた。

「このくらい我慢《がまん》して。まこがそんな顔してると、みんなが声かけてくる」

「かけてこないよ」

真也と違《ちが》って知り合いなんてほとんどいないのに、どうして声かけてくるっていうんだよ。

「まこがそういう表情を浮《う》かべていると、つい声をかけたくなっちゃうくらい庇護《ひご》欲をそそるんだよ。これを機に近づこうとする奴《やつ》だっているかもしれないんだから、もっと自覚して」

言い含《ふく》めるように言われたけど、なんだよ、それ……。

オレは迷子《まいご》の幼稚園児《ようちえんじ》じゃないぞ。そんな理由で声をかけてくるような生徒がいるとも思えないし、真也ってば心配しすぎ。

けどここで逆らっても、真也のことだから余計にムキになりそうだしなぁ。ぜんぜん納得《なっとく》がいかないけど、これ以上の反論は体力の無駄遣《むだづか》いだし、ここは素直《すなお》に従っておこう。

「わかったからもう放してよ。階段でふざけてたら本当に保健室行きになっちゃうだろ」

それでも不満たらたらに言いながら身体を捩《よじ》ると、真也もようやく腕《うで》を緩めた。

オレの態度がおざなりだったせいか、真也はまだなにか言いたそうな顔をしてるけど、それには気づかないふりした。そして階段を上りきり、けっきょく教室へは並んで入っていったんだけど……。

「おはよう、真也くんっ！」

「うわわ……」

教室へ入るやいなや、真也の取り巻きが待ってましたとばかりに詰《つ》め寄ってきて、オレはあっという間にその輪の中から弾《はじ》き出されてた。

うぅ、毎朝のことだから慣れてるけど、こうなるから揃《そろ》って教室に入りたくなかったんだ。

真也に群がっているのは、同じクラスの三人と、他のクラスの取り巻きたち。数は数えたことないけど、真也を中心に輪ができるほどいるんだ。

なんで他のクラスの生徒までいるのかといえば、首席で合格した真也は、入学式で新入生代表として挨拶をしたからなんだ。

身内のオレが言うのもなんだけど、真也って本当に格好いいし、入学式でも動じることなく立派なスピーチをしたから、みんなその時からファンになったみたいなんだよね。

まるで芸能人の追っかけみたいに、休み時間や昼休みの貴重な時間を、真也と一緒に過ごしたくて、こうやって集まってくるんだ。

今はオレと一緒にいる時間が多くなって、真也も遠回しに追い払《はら》ってるから、以前よりは頻《ひん》繁《ぱん》に近寄ってこなくなったけど、朝の挨拶だけなら文句はないだろうってことなのか、他の時間に話せないぶん、もうパワーがすごくて。

しかもみんながみんな、真也を見る目が、ただの憧《あこが》れじゃなくて恋《こい》する目なんだよね。抜《ぬ》け駆《が》けするような真似《まね》は今のところしてないけど、みんな真也の恋人になりたいみたい。

けど真也の恋人はオレだもんね。チャンスを狙《ねら》っているみんなには悪いけど、それは変わらない事実だから。

それにしても、いつ見ても壮観《そうかん》。真也みたいにヤキモチを妬《や》くどころか、みんなのはしゃぎっぷりを見ていると、逆に呆《あき》れちゃうよ。

「みんな、わかったからもう少し静かに、ね」

真也も取り巻きのテンションに呆れているのか、苦笑《くしょう》を浮かべて窘《たしな》めてる。だけど真也のそんな表情でも嬉《うれ》しいのか、みんなは鎮《しず》まることがない。それには真也も弱ったようで、ため息をついてたんだけど……。

「うるさい。挨拶が済んだならさっさと自分の席に戻《もど》るなり教室に戻るなりして自習しろ」

とてもよく通る凜《りん》とした声がした途端《とたん》に、取り巻きたちがぴたりと口を閉《と》ざした。するとその隙《すき》に、声を発した松岡くんは、真也たちの所へすたすたと歩み寄っていった。

松岡くんが迷いなく近寄っていくと、みんなはすぐに道を空ける。そして当然のように真也の隣《となり》に並ぶ松岡くんに恐《おそ》れをなして、すごすごと離れていった。

「助かったよ」

「おまえもたまにはきっぱり断れ。まったく、毎朝毎朝うざったくないのか？」

言いたいこと言う松岡くんに、真也は曖昧《あいまい》に笑みを浮かべただけで肩《かた》を竦《すく》めた。すると松岡くんは、呆れたようにため息をつきながらメガネを押し上げ、一連の様子をボーッと眺《なが》めていたオレの頭を撫《な》でてきた。

「おはよう、まこちゃん。まこちゃんからもなにか言ってあげて。真也が容認《ようにん》してるから、こんな騒《さわ》ぎになってるんだから」

「はは、うん……」

とはいっても、真也も挨拶《あいさつ》をする為《ため》だけに待ってくれているみんなを邪険《じゃけん》にはできないだろうしなぁ。

いっそ松岡くんみたいに、きっぱりと言い切れる性格だったらいいけど、真也の場合は好意を持って接してくる人に冷たい態度は取れない性分《しょうぶん》だから、本当にいやなことをされないうちは断れないと思う。

松岡くんにはそれが歯痒《はがゆ》いみたいだけど、これぱっかりは真也の性格だしね。それに程度が過ぎると、松岡くんが適当に散らしてくれるから、真也も松岡くんに任せておけばいいやって、あんまり気にしてない気がする。

それにしても本当にすごいよね、オレはすぐに弾き出されちゃうのに、松岡くんが近づくだけで、あんなに騒がしかった取り巻きが一瞬《いっしゅん》にしていなくなっちゃうんだから。それだけ松岡くんに有無《うむ》を言わせぬ迫力《はくりょく》があるからなんだろうけど。

まぁ、迫力があるといっても、見た目が恐《こわ》いってワケじゃないけどね。

メガネが似合う理知的で整った顔立ちをしているし、キレイに整えられた髪《かみ》はサラサラで、真也みたいにすらっと伸《の》びた脚《あし》は長くて、冷たい雰囲気《ふんいき》だけど、男のオレから見ても本当に格好いいんだ。

それに松岡くんは真也に次いで頭が良くて、クラスの副委員長でもある。だから委員長の真也とは常に行動を共にしてて、二人は親友でもあるんだ。

人当たりが良くて外向的な真也と、冷たい雰囲気で人を寄せつけない松岡くん。おとなっぽい二人が並ぶと本当に圧巻なんだ。

真也を動とすると松岡くんは静っていうイメージで、委員長の真也が率先《そっせん》して引っぱっていくのを、松岡くんが上手《うま》くフォローしてる感じかな。

性格は正反対なのにもう息がぴったりで、高校からのつき合いなのに、ずっと昔からの親友みたいなんだ。

そしてそんな松岡くんとは、オレも真也の兄ちゃんっていうことで仲良くしてもらってる。というより、子ども扱《あつか》いされてからかわれてるんだけどね。

「まこちゃん、そんな顔で見つめられると、真也との友情を裏切りたくなるんだけど？」

「え……？　あ、ごめん」

松岡くんを見つめている自覚もなく見上げていたオレは、指摘《してき》をされて初めて見つめていたことに気づいて、慌《あわ》てて謝った。すると松岡くんはプッと噴《ふ》き出《だ》して、オレをぎゅーって抱きしめてきて……。

「んー……やっぱり可愛《かわい》いなぁ、まこちゃんは」

「ちょっ……松岡くん!?」

髪にすりすりと頬擦《ほおず》りまでされちゃって、オレはじたばたと暴れてその腕から逃《のが》れようとしたけど、松岡くんの腕はちっとも緩《ゆる》まなくて逃《に》げ出せない。

助けを求めるように真也を見れば、真っ先に助けてくれそうな真也は、なぜか呆れた顔をして、じゃれつく松岡くんを見ていた。

「なぁ、真也。オレ、おまえの義兄《にい》さんになっていいか？」

「気色悪い。誰《だれ》が認めるか」

「いいじゃないか。まこちゃんは絶対に幸せにするからさ」

「まったく……」

ふざけたことを言う松岡くんに、真也はため息をついている。

他の人がこんなふうにくっついてきたらものすごく怒《おこ》るのに、松岡くんはいいの？

大地と一緒《いっしょ》で、自分の親友だから信用してるのかなぁ？

そんなことを思いながら、尚《なお》も松岡くんから逃げだそうともがいていると、ドカッと蹴《け》られる振動《しんどう》が松岡くんから伝わってきた。

そのおかげで松岡くんから解放されてホッと息をついたけど、今のって松岡くんが蹴られたんだよね？　けど、いったい誰が？

近寄りがたい雰囲気を持つ松岡くんに、そんなことができる人がいるとは思わなくて振《ふ》り返ってみれば、そこには同じクラスの小鹿《こしか》くんが立っていた。

「邪魔《じゃま》。でかい身体《からだ》で入り口塞《ふさ》ぐなよ」

「これは失礼。バンビちゃんなら隙間《すきま》から入れると思うけどね」

「……っ……その呼び方やめろっ！　ケンカ売ってんのか⁉」

松岡くんのひと言に、小鹿くんはものすごくプライドを傷つけられたようで、今にも飛びかからんばかりに構えた。だけどそれからすぐに教室に入ってきた大地が、そんな小鹿くんの腕《うで》をひょい、と掴《つか》んで止めてくれた。

「こら、小鹿。いくら白帯でも素人《しろうと》相手に技《わざ》使ったら退部だぞ」

「わかってるよっ！　さっさと放せっ」

大地に掴まれた腕を乱暴に取り戻した小鹿くんは、最後になぜか同じ目線のオレをキッと睨《にら》みつけて自分の席に戻っていった。

そっか、小鹿くんって大地と同じ空手部だっけ。オレと同じくらいちっちゃくて、バンビちゃんっていう表現がぴったりなくらい女の子みたいに可愛い顔してるのに、ごつい猛者《もさ》ばっかりいる空手部に入部するなんてすごいよね。

大地の話では空手は初心者で、男らしくなりたいからって、先月いきなり入部してきたらしいけど、朝の自主練習にも欠かさず出て、厳しい稽古《けいこ》にもついていってるみたいだし、オレも少し見習ったほうがいいかも。

「小鹿くんてすごいねぇ……オレも空手部に入って鍛《きた》えようかな」

ちょっと尊敬の眼差《まなざ》しを向けながら、ぽつりと呟《つぶや》くと、その場にいた全員がオレを見下ろしてきた。

「鍛えるっつってもなぁ……」

「まこはそのままでいいから」

「他《ほか》にもっと有意義なことはたくさんあるよ？」

「もう、なんだよっ、みんなして！」

　別に本気で入部するつもりじゃないけど、遠回しにオレじゃ無理だって言われてるみたいで、ものすごくムカつくんだけどっ！

　それは体力ないけど、身体を動かすのも苦手だけど、オレだってやろうと思えば少しはできるんだからなっ。

「まこ、落ち着いて。まこにはまこのいい所があるんだから、なにも小鹿の真似《まね》をしなくてもいいだろ？」

「そうだよ、真也の言うとおり。小鹿も空手部の稽古には相当てこずっているみたいだし」

「……そうなの？」

「まぁな、先輩《せんぱい》たちにはマスコットみたく可愛がられてるから、オレらほど厳しい稽古はつけられてねーけど、いつまで続くか……」

　言葉を濁《にご》す大地の様子から、なんとなく部活での様子が窺《うかが》い知れた。

　そうか、オレより元気で体力ありそうな小鹿くんでも厳しいんじゃね。部活の見学はしたことないけど、大地の通う空手道場の稽古を見学して、その時のかけ声でびくってしちゃうし、オレじゃやっぱり空手部で身体を鍛えるのは無理か。

「おっと、まこちゃんの肉体改造計画を話し込んでる場合じゃなかった。真也、例の件だけど、ちょっといいか？」

「あぁ、なにか変更事項《へんこうじこう》でもあったのか？」

「というより、自治委員会からの伝達がやっかいでね。まこちゃん、真也借りていい？」

「うん、どうぞ」

なんだか込み入った話みたいだし、わざわざ断りを入れてきた松岡くんに頷《うなず》くと、オレも大地と一緒に席に着いた。そして授業の用意をしつつ、隣《となり》の列の一番後ろの席に座る真也を振り返ってみると、真也は松岡くんと真剣《しんけん》になにかを話し込んでいた。

いつものことだけど、本当に大変そうだなぁ。松岡くんもそうだけど、委員長なんて肩書《かたが》きが付いちゃうと、先生の雑用の他にもいろんなことに関《かか》わらないといけないしね。

特に櫻ヶ丘は生徒会を頂点として、その下に続く自治委員会からクラス委員への統率がしっかりと取れているから、真也はいつも忙《いそが》しそうにしてるし。

その上、勉強も当たり前のようにして常にトップの成績を収めているのに、真也の場合は家事まで完璧《かんぺき》にこなしてるんだもん。

そう考えると、真也ってすごいよな。ファンがいてもおかしくないのかも。

さすがに家事をしていることまでは知らないだろうけど、それ以外の部分は、普段《ふだん》の活躍《かつやく》ぶりを見ていればわかるだろうし、格好いいって憧《あこが》れちゃうのも仕方ないよね。

今も松岡くんと話し込む真也を、取り巻きだけじゃなく何人かのクラスメイトが、遠慮《えんりょ》がちに眺《なが》めているし。

「なにジーッと見てんだよ」

「え……？」

真後ろの席に座る大地に声をかけられて、自分も真也を見つめていたことに気づいちゃって、視線を慌てて大地に戻《もど》した。すると大地はものすご〜く機嫌《きげん》が悪そうな顔をして、オレを冷たく見下ろしてきて……。

「ったく、四六時中一緒にいるくせに、ちょっと離《はな》れただけで寂《さび》しそうな顔しやがって」

「ずっと一緒になんていないよ。真也は委員会の会議に出たりしてるし」

「それ以外は一緒じゃねーか。普通《ふつう》の兄弟はそこまでべったりくっついてねーんだぞ？」

「だって」

責めるような口調で言われちゃって、口唇《くちびる》を尖《とが》らせた。

それは普通の兄弟だったら、そこまで一緒の時間を過ごしたりしないだろうけど、オレたちは恋人《こいびと》同士なんだもん。できるだけ一緒にいたいって思ってもおかしくないじゃないか。

オレたちがつき合ってることは大地だって知ってるくせに、オレがこの場所じゃ反論できないのを知っていながら、そんなことを言ってくるなんて、大地ってば意地悪だ。

「だ〜っ！　やっぱ諦《あきら》めらんねー！」

「あっ、こら……！」

文句が言えない代わりにきゅっと睨みつけていると、大地は意味不明なことを言いながら、後ろからぎゅーって抱《だ》きついてきた。もちろんすぐに抵抗《ていこう》したけど、大地は放してくれなくて、さっきの松岡くんみたく髪《かみ》に頬擦りしてきて……。

もう、なんでみんなしてオレに抱きつくんだよ⁉　オレは抱き枕《まくら》じゃないのにっ！

「も〜、放してよぉ！」

「はぁ……落ち着く。オレにはやっぱ、まこがジャストサイズだぜ」

「なんだよ、それ。もういいから放せっ！」

「このやわやわな感触《かんしょく》がいいんだよな。折れそうに細いのに、柔《やわ》らかくていい匂《にお》いするし」

「う〜……もう、大地のばかっ！」

オレの文句なんてちっとも聞いていない大地は、更《さら》に抱く力を強めてくる。

それに抵抗しているうちにどんどん疲《つか》れてきちゃって、やっぱり少しは鍛えるべきかもしれないと真剣に思った。

授業の間中、ラクに身体を鍛える方法を考えていたけど、やっぱり地道《じみち》なトレーニングをする以外には方法はないかもしれない……という結論に達し、身体を鍛えることを断念した時には、もうお昼休みになっていた。

そしていつものように学食へ移動し、真也と大地と一緒《いっしょ》にご飯を食べ始めたんだけど、真也は日替《ひが》わり定食を食べながらも、プリントに目を通していた。

「真也、食べながら他のことしてたら消化に悪いよ？」

「あぁ、ごめん。そうだね」

オレが声をかけると、真也はようやくプリントを置いて、ご飯を食べることに集中した。それを見て、オレもようやくホッとしておにぎりを頰《ほお》ばった。

忙しいのはわかるけど、せっかく美味《おい》しいご飯を食べてるのに、文字がびっしり埋《う》まったプリントなんか読んでたら、美味しい物も美味しく感じないもんね。

けど、そんなに今の時期って忙しいのかな？

お昼休みの時までプリントを持ち込むようなことなんて、今まで一度もなかったのに。

大地もそう思っているのか、大盛りのカレーライスを食べながら、真也に声をかけてくる。

「メシ時も働かなきゃいけないほど忙しいのか？」

「あぁ、体育祭が三週間後に控《ひか》えてるしね。やることが山積みなんだ」

「もうそんな時期なんだぁ……やだな、出たくない」

「鍛えるとか言ってた奴《やつ》がなに言ってんだ」

大地にからかわれてムッとしていると、真也はクスクス笑いながらオレを庇《かば》うように頭を撫《な》でてきた。

「まこは今のままで充分《じゅうぶん》なんだから、大地の言うことなんていちいち気にしなくていいよ」

「ちぇっ、オレが悪者かよ。で、なに読んでたんだ？」

「クラスの体力測定と、百メートル走のデータ。それから部活動についてのデータだよ」

「そんなのまで調べてるの⁉」

体育祭なんて、みんなが出たい種目に立候補して、それでも残った種目は適当に振《ふ》り分けるのが普通じゃないか。なのにみんなのデータを調べ上げるなんて、なんだかものすごく凝《こ》ってない？

「オレもこの前の会議で知ったばかりなんだけど、体育祭にはかなり力が入っててね……」

真也が話してくれた内容によると、櫻ヶ丘の体育祭は、ものすごい真剣勝負なんだって。

各学年とも六クラスずつあるんだけど、各学年でA組から順に三グループに分けられて、赤、白、青の、一年生から三年生までの混合《ごうか》チームを編成して優勝争いをするんだって。

それで一位のチームには理事長から豪華な景品と、生徒会から学食のタダ券が贈《おく》られるらしい。だから毎年、緻密《ちみつ》なチーム編成で体育祭に取り組むようなんだけど……。

「タダ券は魅力《みりょく》的だけどよぉ、豪華な景品つっても万年筆とかじゃねーだろうな？」

「うんうん、期待させておいてそんなのじゃやる気にならないもんね」

がんばったご褒美《ほうび》が勉強道具だったら、本当に脱力《だつりょく》しちゃうもん。

今までの苦労はなんだったんだーって言いたくなっちゃうし。

けど、学校から貰《もら》える物って、たいていはそういうオチになっているから、たいして期待もせずに笑っていると、真也はそんなオレたちを手で制した。

「それが去年はMP3プレイヤーだったらしいよ。それで一昨年《おととし》がデジカメ」

「えぇっ！　そんなのもらえるの!?」

「マジかよっ。豪華すぎねーか？」

まさかそこまで豪華だとは思わなくて、つい真剣《しんけん》な顔で真也に詰《つ》め寄ると、真也は苦笑《くしょう》を浮《う》かべて頷《うなず》いてくる。

「オレもびっくりしたけど、本当のことらしいんだ」

「そっかぁ、そんなにいい物が貰えるなら、確かに真剣にもなるよね」

「あぁ、賞品が懸《か》かってんなら余計に燃えるぜ」

お祭り好きで身体《からだ》を動かすのが大好きな大地と違《ちが》って、オレは体育祭なんて面倒《めんどう》って思ってたけど、なんだか楽しくなってきたかもっ。

「それで？　今年はなにが景品なんだ？」

「それは当日まで極秘《ごくひ》らしいよ。けど、先輩《せんぱい》の話では、おそらく今年は新しく発売された……

ほら、まこが欲しがってたあの携帯《けいたい》ゲーム機じゃないかって……」

「えぇえっ！　ホント？　ホントに!?」

「あくまでもウワサだよ？　オレはさすがにゲーム機はないと思うし」

興奮を抑《おさ》えきれないオレに真也は苦笑してるけど、興奮するなっていうほうが無理だ。

だって欲しくて欲しくてテレビCMを見る度《たび》に、ため息をついてたんだもん。それが貰える
なら、もうどんな種目にだって出場しちゃうよっ。

「真也、そういうことならご飯なんか食べてないで、しっかりデータ調べてねっ」

「うわ、現金な奴。まこ、おまえ小悪魔《こあくま》入ってんぞ」

大地がなんか言ってきたけど、そんなの気にならないくらい浮かれていると、真也はクスク
ス笑いながら、オレの頭を撫でてくる。

「まこのことだからそう言うと思ってたよ。そういうワケだから、当分は会議や松岡との打ち
合わせが続いて帰りが遅《おそ》くなると思うんだ。晩ご飯が遅くなっちゃうけど、許してくれる？」

「うん、もういくらでも待っちゃう」

なんといってもゲーム機が懸かってるんだもん。その為《ため》に帰りが遅くなるっていうなら、ぜ
んぜん気にならないよ。なんなら、真也の代わりにオレが晩ご飯を作ってもいいくらいだ。

「ごめんね？　本当は早く帰りたいんだけど」

「仕方ないよ。忙《いそが》しいだろうけど、がんばってね」

申し訳なさそうに謝る真也に、オレはにっこりと微笑《ほほえ》んだ。すると真也も優《やさ》しい笑《え》みを浮かべて、オレの頬に触《ふ》れてくる。

「お詫《わ》びに暇《ひま》になったらデートに連れて行ってあげるよ。どこに行きたいか考えておいて」

「ちょっと、真也ってば……」

浮かれていたオレも、さすがにその言葉には我に返って真っ赤になった。

もう、こんな場所でなに言い出すんだよ。それはオレも真也とデートしてみたいけど、いきなりそんなことを言われても、どう返事していいのかわからないよ。

嬉《うれ》しいことは嬉しいんだよ？　けど、どうせなら二人きりの時に言ってほしかったな。そうしたらオレも素直《すなお》に頷いたのに、さすがにこんな所じゃ……。

「が――っ！　なに雰囲気《ふんいき》作ってんだっ！　こんな所でイチャつくなっ！」

オレが戸惑《とまど》って真也を見つめているうちに、大地が耐えきれないとばかりに割り込んできた。

ハッとして大地を見てみれば、ものすご～く不機嫌《ふきげん》な顔で、見つめ合っていたオレたちを冷たく睨《にら》んでた。

「ったく、平気でイチャイチャしやがって。オレの存在を忘れんじゃねーっての」

「あぁ、悪い。本当に忘れてた」

「てめぇ……ワザとだろ」

平然と言いのけた真也に、大地の怒《いか》りは倍増したようで、まさに一触即発《いっしょくそくはつ》のケンカが始まりそうな雰囲気になった。

だけどオレが口を出したら火に油を注ぎそうだし、どうしようかとおろおろしていると、オレたちのテーブルに松岡くんがやって来た。

「取り込み中か？」

「いや、問題ない。どうかしたのか？」

「あぁ、自治委員長から呼び出しがかかった。至急らしいから悪いけどつき合ってくれ」

「わかった」

松岡くんの呼びかけに、真也はすぐに委員長の顔になって立ち上がる。そしてオレを振り返り、申し訳なさそうに苦笑してきた。

「まこ、悪いけどトレイ片づけてもらっていい？」

「それはいいけど……食べ終わってからじゃだめなの？」

さっきまでプリントを読みながら食べてたから、まだ半分くらいしか手をつけてないのに、それじゃ放課後まで保《も》たないじゃないか。

「至急みたいだから仕方ないよ」

「さっさと行っちまえ。まこの面倒はオレがしっかり見るからよ」

「もう、大地っ⁉　ねぇ、本当に大丈夫《だいじょうぶ》なの？」

まるで犬でも追い払《はら》うように言う大地を怒《おこ》りつつ、オレがまだ心配していると、真也はクスッて笑いながら顔を近づけてきた。

「だったら、そのおにぎりくれる？」

「いいよ、はい」

オレならおにぎり二個でも充分《じゆうぶん》保つし、なんの躊躇《ためら》いもなくまだ手をつけていないおにぎりを差し出すと、真也はそっちじゃなくて、オレの手を摑《つか》んで食べかけのおにぎりにぱくりと齧《かじ》りついてきた。

しかも真也ってば、おにぎりを受け取るのに紛《まぎ》れて、オレの指に付いてたご飯粒《はんつぶ》まで、ぺろりと舐《な》め取ってきて……。

「あ――っ！」

あまりの大胆《だいたん》さに固まっているうちに、真也がオレの指を舐めていたのを目ざとく見つけた大地が大声をあげて、ついでに周囲もざわっと騒《さわ》がしくなった。

「おい、見たか？　また食べさせっこしてるぞ」

「いいシーン目撃《もくげき》したかも」

「さすが『似てない双子《ふたご》の久賀兄弟』だな。ああいうのが普通《ふつう》に絵になるし」

「オレも食べさせてもらいてぇ……」

うぅ、またなにかコソコソと言われてる気がする。みんなには指を舐められたところまでは見られてないと思うけど、ものすごく恥《は》ずかしいんだけどっ！

「……真也、もういいだろ。そろそろ行くぞ」

「あぁ。それじゃ、また後でね」

呆《あき》れたようにため息交じりで言う松岡くんに促《うなが》されて、真也は平然とオレの食べかけのおにぎりを片手に学食を出ていった。

けど、後に残されたオレは、恥ずかしいやら居心地《いごこち》が悪いやらで、もう残りのおにぎりを食べるどころじゃなくなっちゃって……。

「くっそ～……真也の奴《やつ》、こんな所で堂々と……」

「……大地、これ食べて……」

ため息をつきつつ、まだ手をつけていないおにぎりを差し出すと、ぶつぶつと文句を言っていた大地は、テーブル越《ご》しに顔を近づけてきた。

「まこ、オレにもあ～ん」

「ばかっ！　そんなことしないよっ！」

大きな口を開ける大地をバシッと叩《たた》いて、オレはツン、とそっぽを向いて、真っ赤になりながらお茶を飲んだのだった。

「よし、こんなもんかな？」

小皿に取ったクリームシチューの味を見て、満足する味に出来上がってるのを確認《かくにん》したオレは、会心の笑みを浮かべた。

昨日はなんだかんだいって真也がご飯を作ってくれちゃったし、真也は松岡くんと体育祭の打ち合わせがあって、今日も帰りが遅くなるって言ってたから、オレが晩ご飯の準備をすることにしたんだ。

疲《つか》れて帰ってくる真也の負担を少しでも減らそうと思って。オレが助けられることといったら、家事をすることだけだもんね。

クリームシチューを煮込《にこ》んでいる間に作ったサラダも冷蔵庫で冷やしてあるし、お風呂《ふろ》掃除《そうじ》も済ませていつでも入れるようにしてあるから、あとは真也が帰ってくるのを待つだけだ。

時計を見ると、もうすぐ七時。下校時刻が六時だから、バスに乗って順調にくれば、もうそろそろ帰ってきてもいい頃《ころ》だ。

オレはクリームシチューに添《そ》えるパンをカゴに盛って、ダイニングテーブルへ運んだ。そしてそれ以外の食器もセットしていると、間もなく扉《とびら》が開く音がして、真也が帰ってきた。

「ただいま」

「おかえ……あれ？　松岡くん!?」

「やぁ、まこちゃん。おじゃまします」

真也の声に応《こた》えて振《ふ》り返ったオレは、そこに松岡くんが一緒《いっしょ》にいるのを見て、目を瞬《しばたた》かせた。

だって松岡くんがウチに来るなんて思いもよらなかったんだもん。

普段《ふだん》から遅《おそ》くまで学院に残っていることが多いから、今まで学校帰りに一度もウチには遊びに来たことがなかったし。

もうびっくりしすぎちゃってその場に立ち尽《つ》くしていると、松岡くんはにこにこしながらそんなオレをジーッと見つめてきた。

「制服姿も可愛《かわい》いけど、エプロン姿も似合ってるね。そうやってると奥さんみたいだし。どう？　やっぱりオレのお嫁《よめ》さんに……」

「それ以上言ったら追い出すぞ」

ふざける松岡くんを冷たく遮《さえぎ》った真也は、本気で追い出しかねないいきおいで睨んでる。

そして睨まれた松岡くんはといえば、肩《かた》を竦《すく》めて黙《だま》り込んだだけでまだ含《ふく》み笑いをしてる。

真也はそれが気に入らないらしくて不機嫌な顔をしてたけど、ふざける松岡くんの相手をするのは無駄《むだ》とでも思ったのか、すぐに表情を和《やわ》らげてオレに話しかけてきた。

「ごめん、まこ。こんな奴連れてきちゃって。ご飯作ってくれたんだ？」

「うん……あ、松岡くん、ご飯食べてく？」

今日はどうせクリームシチューだから一人増えても問題ないし、二人ともお昼を返上して仕事をしてたくらいだから、きっとお腹《なか》がペコペコだもんね。

「今日はクリームシチューだよ。真也ほど料理は上手《うま》くないけど、良かったら松岡くんも食べていって」

ご飯時に大地以外の友だちが訪ねてくること自体初めてだから、ちょっと戸惑《とまど》いながらも誘《さそ》ってみた。けど松岡くんはにっこりと微笑《ほほえ》んで首を振ってくる。

「魅力的《みりょく》なお誘いだけど、いきなり押し掛《か》けた上にご飯までごちそうになれないよ。それより、真也と話したいことがあってね。悪いけど、もう少しだけ真也借りていい？」

「ごめん、まこ。少しだけ待ってて、話を聞いたらすぐに追い出すから」

「真也ってば。オレなら平気だから松岡くんもゆっくりしていって」

松岡くんの様子からしてそこまで長居をするつもりはないみたいだし、にっこり笑って頷《うなず》くと、真也は松岡くんを伴《ともな》って二階へ上がっていった。

「お鍋《なべ》の火止めておかなきゃ……」

二人が消えたらなんとなく気が抜《ぬ》けちゃって、オレはふと息をついてキッチンに戻《もど》った。

真也が帰ってきたら、できたての熱々を食べさせてあげようと思っていたから、ちょっとがっかりかも。けど、松岡くんに話があるんじゃ仕方ないよね。

それにしても、こんな遅くにわざわざウチまで来てなにを話すっていうんだろう？

二人が忙《いそが》しいのはわかるけど、下校時刻までずっと一緒に残ってるんだから、話したいことくらい仕事の合間にできると思うんだけどなぁ。

あ、けど……学院内では話しづらい話題だったりする？

どういう内容だか見当もつかないけど、誰《だれ》かに聞かれでもしたら困るような話なのかも。

うん、きっとそういうことだよね。だったらオレがコーヒーを持っていったりしても邪魔《じゃま》になるだけか。もしオレに聞かれても平気だったら、リビングで話してもいいんだし。

ご飯の用意も済んでるし、やることもなくなっちゃって、手持ち無沙汰《ぶさた》になったオレはエプロンを外してダイニングテーブルに着いた。そしてしばらくテレビを観《み》て時間を潰《つぶ》していると、三十分ほどして二人が下りてきた。

「まこちゃん、お邪魔さま」

「もう帰っちゃうの？」

リビングダイニングに顔を出して声をかけてきた松岡くんに、オレも応えながら席を立って、松岡くんを見送る為《ため》に玄関《げんかん》へと移動した。

「話は済んだんだ？」

靴《くつ》を履《は》いている松岡くんは、来た時よりもすっきりとした顔をしている。だからそう声をかけると、松岡くんはにっこりと微笑んできた。

「あぁ、真也がしっかりと聞いてくれたからね」

「ふぅん？」

微笑む松岡くんにつられて階段の前に立っていた真也を振り返ると、機嫌《きげん》のいい松岡くんとは反対に、なぜか苦虫を噛《か》み潰したような表情を浮《う》かべていた。

なんだろ、真也ってば機嫌悪い？

松岡くんの話って、真也にとってはいやな内容だったのかなぁ？

それとも、話しているうちにケンカになっちゃって、真也が言い負かされちゃったのかな？

真也も口が達者だけど、松岡くんもそれに負けないくらいすごいしね。それに松岡くんって、オレが知る中で唯一《ゆいいつ》、真也を丸め込める人物だし。

どちらにしても、当事者の松岡くんの前では訊《き》けないか……。

「それじゃ、そろそろ帰るよ。まこちゃん、ごめんね？」

「え、ううん。そんな謝らないでよ」

謝罪するほど長居したワケでもないのに、改めて謝られるとなんだかむずむずしちゃって、オレはへらへら笑いながら慌《あわ》てて両手を振った。それなのに松岡くんは、オレと一緒に笑いながらもジッと見つめてきて……。

「本当にごめんね？」

「松岡くん……？」

まだ謝る松岡くんに、オレはちょっと首を傾《かし》げた。

なんだかオレを見つめる目が真剣《しんけん》で、本気で謝っている気がしたんだ。

だけどオレ、本当になんとも思ってないんだよ？

それはせっかく作ったシチューをすぐに食べてもらえなくて、ちょっとがっかりしたけど、そんなのテレビを観ているうちに忘れちゃったし。

それとも、真也の機嫌が悪くなっちゃったのを謝ってるのかな？

真也が一度ヘソを曲げちゃうと、オレがうんと甘やかしてあげないと機嫌が直らないしなぁ。

けどいくら仲が良くたって、真也が松岡くんに、拗《す》ねるとオレに甘えているっていう実態をバラすはずがないし……。

そうか、松岡くんは謝りながらも、真也の機嫌を上手く直してねって、オレにお願いしてるのかも。けど、もしそうだとしても謝りすぎだよ。

「もう、どうしたんだよ。松岡くんらしくないよ？」

「はは、そうだね。じゃあ、二人とも、また明日ね」

そう言い残して帰っていく松岡くんを見送ってから、オレはふぅって息をつくと、まだ微妙《びみょう》なオーラを放っている真也を笑顔《えがお》で振《ふ》り返った。

「ちょっと遅くなっちゃったけど、ご飯にしようか？」

「……そうだね」

全開の笑みで言ったせいか、真也も笑顔を浮かべて頷いてきたけど、どこかぎこちない。

それでもオレまで心配して暗くなっちゃったら、真也が余計に塞《ふさ》ぎ込んじゃうから、努めて明るく振る舞《ま》った。

「すぐに温め直すから真也は座ってて。今日のクリームシチューはちょっと自信作なんだよ」

言いながらキッチンへ戻り、お鍋に再び火を点《つ》けてから、冷蔵庫で冷やしておいたサラダをダイニングテーブルに運んだ。そしてまたお鍋の様子を見る為にキッチンへ戻る前に、何気なく真也の様子を窺《うかが》う。

真也はオレの言いつけどおりに席に着いたまま、眉間《みけん》に皺《しわ》を寄せている。そして時々ため息をついては首を振っていた。

なにかと葛藤《かっとう》しているような雰囲気《ふんいき》だけど、いったいどんな話をしたんだろう？

松岡くんは真也だけに話したかったんだから、もちろんどんな内容だったのかは訊けないけど、話の内容には触《ふ》れないで、真也の悩《なや》みの原因を上手く訊いてあげなくちゃ。

とりあえず甘やかしてあげるのは、真也次第《しだい》だな。

真也が拗ねている時は、無意識のうちにオレに擦《す》り寄ってくるから、拗ねているだけなら真也の好きにさせて思いきり甘やかしてあげるだけでいいけど、もしも拗ねているワケじゃなく、本当に悩んでいるなら、逆にオレには寄ってこないで、一人で消化しようとする傾向《けいこう》があるし、まずはそこから探《さぐ》らないと。

「……よし」

クリームシチューもほどよく温まってきたし、オレは勝負とばかりに気合いを入れて、笑顔でダイニングに足を運んだ。

「お待たせ、お腹空《なかす》いただろ？　たくさん食べてね」

　いつもならダイニングテーブル越《ご》しにお皿を渡《わた》すところだけど、今日はわざわざ真也の席に回ってお皿を置いてみた。

　ここでオレにぎゅって抱《だ》きついてきたら、拗ねているだけだと思うけど……。

「ありがとう」

　真也はお皿を置くオレに対して機械的にお礼を言うだけで、触れてはこなかった。

　ということは、松岡くんとケンカをして拗ねているってワケじゃないんだな。松岡くんに聞かされた話で悩んでるんだ。

　だったら、どうやって切り出そう？　はっきり言って、このパターンは苦手なんだよなぁ。

　拗ねる真也を浮上《ふじよう》させるのは大の得意だけど、悩んでいる時の真也は殻《から》に閉じこもるから、ヘタに訊いたら余計に警戒《けいかい》されちゃうし……。

　どうしようか悩んでいると、オレの視線に気づいた真也が顔を上げた。笑顔が思わず引きつっちゃったけど、真也はそんなオレには気づきもしないで、なにかものすごく思い詰《つ》めた顔で見つめてきて……。

「まこ」

「な、なに？」

「大好きだよ、愛してる」

「へ……？」

なにかもっと深刻なことを言われるかと思って構えてたのに、ズッコケそうになった。

な、なんでいきなり愛の告白？

ここはもっと違《ちが》うことを言う場面じゃないの？？

いろいろと考え込んでいたぶんなんだか気が抜《ぬ》けちゃったのと、真也の考えていることがちっともわからなくて、どう返事をすべきか悩んでいると、真也は大真面目《おおまじめ》な顔のまま、オレの手をぎゅっと握《にぎ》ってきた。

「まこ、本当に大好き。まこは？」

「そ、それはオレも……好き、だよ？」

エッチの最中、もうワケがわからなくなるほど身体《からだ》も心も昂揚《こうよう》している時ならいざ知らず、こんな晩ご飯の席で、ジッと見つめながら改めて訊かれるのはものすごく恥《は》ずかしかった。

それでも真也は真剣だし、真っ赤になりながらも自分の気持ちを伝えると、握られた手を更《さら》にぎゅってされちゃって……。

「まこ……まこ、本当に大好きだよ。お願いだからオレをずっと信じていて？」

「なんだよそれ？　そんなの当たり前だろ」

今さらなにを言い出すかと思えば。なにを当たり前のことを言ってるんだよ。

真也を信じこそすれ、疑ったことなんて一度もないじゃないか。

真也の問いかけがもう基礎《きそ》の基礎すぎてすっかり呆《あき》れ返っていると、真也はようやく納得《なっとく》したように、ホッと息をついて微笑《ほほえ》んできた。そしてもう悩みはないとばかりに清々《すがすが》しい顔で、ちょっとだけ冷めちゃったクリームシチューを食べ始めた。

「美味《おい》しいね、おかわりしようかな」

「……うん、たくさん食べて」

笑顔で話しかけてくる真也に力無く頷《うなず》いたけど、なんだかものすごく疲《つか》れたんだけど。

真也の悩みは解消されたみたいだからいいけど、今までのはけっきょくなんだったワケ？

余計な心配をしたオレが一番ばかみたいだ。

「まこにおにぎりを貰《もら》ってから、けっきょくなにも食べられなかったから、今日はすごいお腹が空いて……まこ、どうかした？」

「……なんでもなーい……」

いつもの調子で話しかけてくる真也にもう脱力《だつりょく》しちゃって、オレはもそもそと口を動かした。

すると真也はそんなオレをクスクス笑ってきて……。

「おかしなまこ」

おかしいのはどっちだよ。考え込んでいたかと思ったら、いきなり普段《ふだん》どおりに戻《もど》ってさ。

けどそう反論する気力もなく、オレは真也をジロリと睨《にら》みつけるのにとどめて、ご飯を食べるのに集中した。

水曜日

昨晩は真也の不可解な態度に踊《おど》らされちゃったけど、あれからの真也は本当にいつもどおりで、晩ご飯を食べ終わった後に遊びに来た大地と、またオレを間に挟《はさ》んでケンカをして、オレを抱きしめて安らかに眠《ねむ》って……今朝も清々しい顔で颯爽《さっそう》と廊下《ろうか》を歩いている。

そんなだからオレも、すっかりいつもの調子を取り戻して、真也と並んで教室に入っていったんだけど……。

「おはよう、真也くんっ！」

「うわっ……」

今朝もまた真也の取り巻きに弾《はじ》きとばされちゃって、オレはすっかり蚊帳《かや》の外にいた。

まぁ、いいんだけどね。どうせ真也の取り巻きには、オレは真也の兄ちゃんっていうだけの存在で、いてもいなくてもどうでもいいような扱《あつか》いだしさ。けど、真也の兄ちゃんだからこそ、オレを大事にしてもバチは当たらないと思うんだけどっ！

「おはよう、まこちゃん」

「あ、おはよう」

ちょっと恨《うら》みがましく真也を取り囲む集団を見つめていると、松岡くんが声をかけてきた。

そしていつものように騒《さわ》がしい取り巻きを眺《なが》めて、ふとため息をついてくる。

「まるでバーゲン会場だな」

「はは、うん……」

確かに。真也の関心を惹《ひ》く為《ため》に、さりげなく真也を引っ張り合っている姿は、まるで目当てのバーゲン品を奪《うば》い合う主婦みたいだ。もちろん彼らにはそんな自覚はないんだろうけど、ちょっとテンション高すぎるよ。

「いい加減うるさいし、そろそろ姫《ひめ》の救出に行こうかな」

「真也がお姫様？　それはなんだか違和《いわ》感あるよ」

松岡くんの喩《たと》え方がおかしくて、プッと噴《ふ》き出した。

オレの中でお姫様っていったら、ゲームの中に登場するヒラヒラのドレスを着た金髪《きんぱつ》美人で、格好いい勇者に助けられるっていうイメージだけど、真也がドレスを着てる姿はさすがに思いつかないよ。真也なら断然、お姫様を助ける勇者のほうだし。

なのに松岡くんはメガネを押し上げながら、クスクス笑うオレに満面の笑《え》みを浮《う》かべてくる。

「真也も充分《じゅうぶん》、姫っぽいと思うよ？　まこちゃんは可愛《かわい》いけど、真也もかなりの美人だから」

「え……」

「それじゃ、姫を助けに行ってくるね」

オレが反応するよりも前に、松岡くんは真也たちのほうへと歩いていった。それを目で追いながらも、オレは首を傾《かし》げた。

松岡くんってば、なに言ってるんだろう？

真也が美人……美人って、松岡くんってば真也のことをそんなふうに思ってたの!?

それは確かに真也ってキレイだし、たまにものすごく色っぽい表情を浮かべるけど、それは男っぽいセクシーさで、格好良くてドキッとしちゃう感じなのに。

それとも、そう思っているのはオレだけ？　他の人には、真也は美人っていう、女の人を褒《ほ》める時に使われる形容をされちゃうような顔立ちに見えるのかな？

オレもよく可愛いっていう表現をされて、かなり複雑な気分になるんだけど、真也が美人って言われるほうが、ものすごい複雑かも……。

松岡くんのひと言に、軽いカルチャーショックを受けてその場に立ち尽《つ》くしていると、真也の取り巻きが嬉《うれ》しそうな黄色い悲鳴をあげた。

びっくりしてそちらを振《ふ》り返ってみれば、真也の隣《となり》に並んだ松岡くんが、横から真也を抱《だ》き込んで、周りにいる取り巻きを冷たく見据《みす》えていた。

「なにを気安く真也に触《さわ》っている。おまえら、少し調子に乗りすぎだぞ」

「おまえもな……」

「そうか？」

横目で睨む真也なんて構わずに、松岡くんはクスクス笑いながら真也の頭を引き寄せた。

真也より少し背の高い松岡くんがそうすると、ちょうど真也の耳に松岡くんの口唇《くちびる》が触《ふ》れそうになって、取り巻きがまた嬉しそうな声をあげている。

「なんか真也くんたち、格好いい……」

「うん、すごくキレイ……」

「ぼく、ドキドキしてきちゃった……」

確かに。オレもちょっとドキッとしちゃった……。

冷たい印象は変わらないけど、松岡くんってば今朝は妙《みょう》に馴《な》れ馴れしく真也を抱き込んでいるし、真也も真也でいやそうにしていながらも、松岡くんの腕《うで》から逃《に》げようとはしないで、気《け》怠《だる》げな態度で松岡くんに抱かれてるんだもん。

ただでさえ格好いい二人が抱き合っているだけでも恐《おそ》ろしく絵になるのに、二人とも妙に色気があるから、見ているだけで赤面しちゃうっていうか……。

やっぱり、松岡くんが言ってたとおり、真也って美人……なの、かな？

松岡くんに抱かれているのを見ると、なんだかそう見えてきちゃうんだけど、そんなの目の錯覚《さっかく》だよね？　オレの気のせいだよね？？

「なにやってんだ、まこ？　こんなとこでボーッとしてよ」

「だ、大地……と、小鹿くん」

なんだか頭が混乱しちゃって、ドキドキしながら二人の様子を凝視《ぎょうし》していると、小鹿くんと共に朝の自主練習から戻ってきた大地が声をかけてきた。

「なんだ、熱でもあるのか？　真っ赤な顔しやがって」

「ち、ちが……ねぇ、あれ見て」

「ん……？」

　オレを見るなり心配そうに顔を覗《のぞ》き込んできた大地に頭を撫《な》でられて、オレは首をふるふると振りながら真也たちを指さした。すると大地も小鹿くんも、抱き合う二人に気づいて、いやそうに顔をしかめた。

「なにやってんだ、あいつら？　デカイのがくっついて暑苦しいなぁ」

「……ホント。ばかみたい」

　あ……なんだかこの二人って、ものすごく健全な精神の持ち主かも。

　そ、そうだよね。ただ親友同士が仲良く抱き合ってるだけで、色っぽく見えたり、ドキッとしちゃったりしたのは、取り巻きが騒いだからで、つい同じ目線で見ちゃっただけのことだったに違《ちが》いない。

　二人のおかげで少し冷静さを取り戻せた気がして、オレはホッと息をついた。けどまだオレの中で納得《なっとく》できない疑問が残っていて、オレは大地のシャツを摑《つか》んだ。

「ねぇ、大地。真也って……美人？」

「は……？」

オレの質問が突飛《とっぴ》だったせいか、大地は目が点になってた。

けどけどっ、確認《かくにん》したかったんだもんっ。オレの次に長いつき合いの大地から見て、真也がそう見えなければ、オレも安心できるし！

「まこ、おまえマジで熱あるだろ？」

「ないよっ。それで見えるの見えないの？　どっち？」

「アホか。見えるワケねーだろ。あいつは美人なんてもんじゃねーだろ。昔っからキレイな顔立ちしてっけど、そんなふうに見えたことは一度もねーよ」

「……そっか……」

「堂々と言えるぜ。なにしろ、ガキの頃《ころ》からおまえらを見分けられたのは、真美《まみ》さんとオレだけだったからな。ま、それだけオレがまこのことを……って、おいっ！　最後まで聞けっ！」

大地がごちゃごちゃとなにか言ってたけど、オレはもうすっかり安心しちゃって、いそいそと自分の席に着いた。

そうだよね、オレってばなに動揺《どうよう》してたんだろ。きっと松岡くんも、真也の取り巻きが毎朝しつこいから、いつもとちょっと違う追い払《はら》い方を試《ため》しただけなんだ。

その結果、取り巻きを喜ばせちゃったワケだから、松岡くんの計画は失敗に終わっちゃったんだけどね。

まぁ、いいや。別になんでもなかったんだし、今日も一日がんばろうっと。

お昼休みを告げるチャイムが鳴ったけど、オレはまだ黒板の文字をノートに写しきれずに、机に齧《かじ》り付いていた。

現代社会の授業の時はいつもこう。先生ってば黒板いっぱいに難解な文字を書いてくから、それを解読してノートに写すだけで、もういっぱいいっぱいなんだ。

「おい、まこ〜。まだかよぉ〜、早く行かないといい席取れなくなっちまうぞ」

「待って、あともうちょっと……」

大地が後ろの席から髪《かみ》を引っぱって催促《さいそく》してくるけど、それを適当にあしらいつつ、オレは最後の行を書き写していた。そしてようやく最後の文字を書き終えて、ホッと息をつくと、大地を振り返った。

「お待たせ。食べに行こうか」

「おうっ！」

大地は待ってましたとばかりに元気よく返事をしてくる。それに苦笑《くしょう》しつつお財布《さいふ》を握《にぎ》りしめて立ち上がったけど、そこで首を傾げた。

「真也は？」

「あ？　そういや寄ってこねーな」

いつもならとっくにオレたちの席まで来ているのに、どうしたんだろうと思って後方を見れば、真也はまだ自分の席に座って、松岡くんとなにやら話し込んでいた。

「また体育祭の話でもしてるのかな？」

「かもな」

今日もまたお昼休み返上で働かなきゃいけないのかなぁと思いながら、大地と共に真也の席に寄っていくと、真也たちは楽しそうに雑談をしていた。

それなら問題はないかと、二人の間に入っていったんだけど……。

「真也、ご飯行こう」

「あぁ、まこ。もうノートは書けたんだ？」

「うん、遅《おそ》くなっちゃってごめんね。早く行こう？」

オレのせいで貴重なお昼休みが短くなっちゃったから、ちょっと申し訳なく思いつつ誘《さそ》うと、真也はなぜか困ったように微笑《ほほえ》んできた。

「ごめん、まこ。今日は松岡と一緒《いっしょ》に食べるよ」

「そうなの？」

「ごめんね、まこちゃん。真也と一緒じゃないとオレが寂《さび》しいって頼《たの》んだんだ」

「またそんなこと言って……」

またいつもの冗談《じょうだん》なんだろうけど、真也の肩《かた》に腕を回して言う松岡くんに苦笑すると、松岡くんもにこにこしながら話しかけてきた。

「まこちゃんには工藤がいるからいいだろ。それとも、真也がいないと寂しい？」

「そんなことないよ」

そういうふうに言われちゃったら、もう否定するしかなくて即答《そくとう》すると、松岡くんはにっこりと微笑みながら、真也をぎゅっと抱《だ》き直した。そして……。

「なら問題ないね。それじゃ、真也はオレにちょうだい」

言いながら松岡くんは肩に回している手で、真也の髪を玩《もてあそ》んでいる。その仕種《しぐさ》は見ているほうが恥《は》ずかしくなっちゃうくらいエッチっぽくて、オレは真っ赤になった。

「おい、見てみろよ……」

「マジ？　委員長と副委員長って……」

「や～ん、真也くんたちいいよね」

「うんうん、松岡くんが優《やさ》しい～」

周囲のクラスメイトも気づいたようで、オレと同じように頬《ほお》を赤らめながら、なにかコソコソと話してる。

そうだよね、こっそり話したくなっちゃうよね。

だって二人とも、ものすごく親密すぎるもんっ！

な、なんだか見ちゃいけないものを見ちゃったような気がする。オレのほうが恥ずかしくて二人と目が合わせられないよ。

だけどそんな中でも大地だけは、まるでいやなものを見ちゃったとでもいうように、顔をしかめてて……。

「あのな～……おまえら、キモイからさっさと離《はな》れろ」

「失礼な奴《やつ》だな。こんなに整った顔立ちのオレたちをつかまえて、どこがキモイって言うんだ。なぁ、真也？」

大地に知らしめるように、松岡くんが真也と頬をくっつけた。それがまた堂々と言うだけあって、まるで雑誌の表紙みたいに決まってて、オレはもうドキドキしっぱなしだった。

けど松岡くんに同意を求められた真也は、大地と同じ心境だったのか、呆《あき》れたようにため息をつきながら、密着する松岡くんをぞんざいに引き剝《は》がし、固まっているオレを見つめてきた。

「ごめんね、まこ。今日は仕方ないから大地と行って」

「ンだよ、仕方ないからって」

「言葉のとおりだ」

「……のヤロ～……」

「あー、もう。ケンカはなしだからね!?　それじゃ、オレたちもう行くねっ！」

またケンカになりそうな雰囲気《ふんいき》だったし、なんだか二人を見ているのが気恥ずかしいのもあって、オレはお腹《なか》が空《す》きすぎてイラだっている大地を引っぱって、教室を後にした。

そして学食へ移動して、大地と向き合ってお昼ご飯を食べ始めたんだけど……。

「ンだよ、ため息なんかついて」

「え？　オレ、ため息なんかついてた？」

そんなつもりなかったから、きょとん、と見つめると、大地はがっくりと肩を落とした。

「自覚なしかよ、さっきからボケーッとしてため息ばっかついてんだよ」

おでこをピン、て弾《はじ》かれちゃって、オレは慌《あわ》てておでこを両手で隠《かく》しながら、恨《うら》みがましく大地を見上げた。

「ったく、さっきからなんだっつーんだよ？　あんま可愛《かわい》い顔してっと襲《おそ》うぞ」

「な、なんだよそれ……」

不穏《ふおん》なことを言いながら凄《すご》まれちゃって、オレは口唇《くちびる》を尖《とが》らせた。

だけど仕方ないじゃないか。逃《に》げるように教室を出てきちゃったけど、さっきの真也たちのことを思い出すと、なんだか変な気分になっちゃって、熱が出そうなんだもん。

「……ねぇ、松岡くんって、あんな性格だったっけ？」

「あ？　あいつはいつも変じゃん。まぁ、今日はいちだんと変だったけどな」

「だよね!?」

いつも変っていうのはちょっと違《ちが》うと思うけど、大地の目から見ても、今日の松岡くんは変に見えるんだ。

思い返してみれば今朝から変だった。真也のことをお姫様《ひめさま》に喩《たと》えたりしてさ。それでさっきは真也を抱き寄せて、髪に触《ふ》れたり頬に触れたりして……。

オレでも人前であんなにくっついたことがないのに、周囲の目なんて気にもしないで、堂々とくっついてるし！

昨日ウチに来た時までは、いつもどおりの理性的な松岡くんだったのに、たった一夜でなにがあったっていうんだろう？

一見冷たく見えるけど、もともと冗談は好きだから、オレをからかったり抱きついてきたりすることはよくあるけど、今日みたいに真也を相手に、その手の冗談はしたことなかったのに。

「蒸《む》し暑くなってきたのに、真也なんかにくっついてなにが楽しいってんだよな。見せられるこっちの身にもなれってんだ」

「なんだか今日は松岡くんに驚《おどろ》かされっぱなしだよ……」

「松岡って人を驚かせるの好きそうじゃん。人を食ったところあるしよ。だいたい、真也とウマが合うって時点でおかしいんだよ。ったく、やだね〜」

「もう……」

軽く言いながら大盛りのご飯を豪快《ごうかい》に食べている大地を睨《にら》んだけど、ちっとも相手にしてくれなくて、オレも仕方なくご飯をもそもそと口にした。

はぁ……本当に変な感じ。松岡くんの態度が変わるだけで、二人の見え方があんなに違っちゃうなんてさ。

それはもともと仲良しな二人だけど、あんなふうに親密な様子を見せつけられちゃうと、なんだかオレより松岡くんのほうが、真也とつき合ってるみたいだし……。

「ンだよ、寂しそうな顔しやがって」

「そんなんじゃないもん」

「まこにはオレがいるだろ？」

「……あんまり嬉《うれ》しくない」

言った途端《とたん》に大地はムッとして、またオレのおでこを弾いてきた。

「いったーい！　大地のばか力っ！」

「るせー、このくらいさせろっ！」

おでこを押さえながら文句を言ったけど逆に怒《おこ》られちゃって、オレは頬を膨《ふく》らませた。すると今度は頬をつつかれていじめられた。

もちろん負けずに抵抗《ていこう》したけど、それでも大地はちょっかいを出してきて、それに応戦しているうちに、オレもだんだんムキになってきちゃって……。

「も～、大地のばかばかばかっ！」

オレの拳《こぶし》なんかじゃ大地にはちっとも効かないのはわかってるけど、ポカポカと叩《たた》いてやった。そして気が済むまで叩いて、ようやく満足して大地を見てみれば、オレに叩かれていたにも拘《かか》わらず、大地は楽しそうに笑ってた。

「なんだよ、気持ち悪いなー」

「まこはそのくらい元気なほうがらしいぜ？」

「……っ……う〜……」

不意打ちのようにニッと笑いながら言われて、オレは一瞬《いっしゅん》詰まり、それからものすごく照れくさくなっちゃって、ぷい、とそっぽを向いた。

また大地に慰《なぐさ》められちゃった……。

オレがちょっとでも暗くなってると、大地ってこうやってさりげなく気遣《きづか》ってくれるんだ。

一見、なにも考えてなさそうで、身体《からだ》のほうが先に動くイメージがあるけど、大地って本当によく気がついて、人の気持ちを思い遣《や》る優しさがあるんだ。

そんな大地に、オレはいつも救われてる。甘えちゃってる自覚もあるし、大地の想《おも》いに応《こた》えてあげられないことは悪いと思うけど、親友としてこれからもずっと仲良くしてもらえるように、オレも変なことを考えてくよくよしてないで元気にならなくちゃ！

「まだかなぁ……」

お味噌汁《みそしる》のお鍋《なべ》をお玉でぐるぐると掻《か》き回しつつ、オレは壁《かべ》に掛《か》かった時計を見てため息をついた。

今日も真也は遅《おそ》くなるって言ってたから、晩ご飯を作りながら帰りを待ってるんだけど、そろそろ帰ってきてもいい頃《ころ》なのに、まだ帰ってこないんだ。

もうお味噌汁もできちゃったし、ほうれん草のおひたしも作っちゃったし、あとは真也が帰ってきてからすぐに、親子丼《おやこどん》の具を卵とじにすればいいだけだから、もうやることがなくなっちゃったよ。

「もう……」

いつまでもお味噌汁を掻き回してたらお豆腐《とうふ》が崩《くず》れちゃうし、オレはお鍋の火を止めてリビングに移動した。そしてごろん、とソファに寝転《ねころ》がって、またため息をつく。

オレが勝手に待ってるだけだから、イライラするのも違うと思うけど、真也を縛《しば》りつけているる委員会をちょっと恨みたくなっちゃうよ。

こんなに毎日毎日、遅くまで居残りさせてさ。たまには早く帰してくれてもいいじゃないか。

それは大事な行事が控《ひか》えてるから、忙《いそが》しいのも仕方ないのかもしれないけど……。

「オレだって一緒《いっしょ》にいたいのに……」

ぽつりと呟《つぶや》いたら、なんだか無性《むしょう》に寂《さび》しくなってきちゃって、オレはソファに座っている大きなテディベアをぎゅっと抱《だ》きしめて目を閉じた。そして真也が帰ってくるのをジッと待っていたんだけど、そのうちになんだか眠《ねむ》たくなってきちゃって、うつらうつらしていると……。

「ずいぶんと可愛い構図だねぇ」

「やらないぞ」

「少しくらい分けてくれたっていいじゃないか」

「もう協力しないぞ」

「ケチだね」

「知らなかったのか?」

なんだか近くで話し声が聞こえた気がしてぼんやりと目を開くと、真也と松岡くんがオレを覗《のぞ》き込んでいた。

そのことにびっくりして目が覚めたけど、松岡くんがいることにもびっくりしちゃって、そのまま動けずにいると、真也がオレからテディベアを奪《うば》って、寝乱《ねみだ》れた髪《かみ》をくしゃりと撫《な》でてきた。

「起きた? こんな所でうたた寝してたら風邪《かぜ》ひいちゃうじゃないか」

オレの髪を整えながら真也は優《やさ》しく話しかけてきたけど、頷《うなず》くのも忘れるくらいボーッとしちゃって……。

なんで? どうして今日も松岡くんがいるの?

昨日訊《き》いた時に、話はもうついたような雰囲気《ふんいき》だったのに、またなにか問題でも起こったのかな？

「えっと……いらっしゃい？」

まだ寝起きということもあってあんまり頭が働かずに、ちょっと間抜《まぬ》けな挨拶《あいさつ》をすると、松岡くんも手を軽く上げて応えてくれた。

「こんばんは、またおじゃましてごめんね。それにしても、まこちゃんの寝起きが見られるなんてラッキーだったな」

「……松岡。今日も連れてきちゃってごめんね。ちょっと込《こ》み入った話があって……ご飯、松岡の分もあるかな？」

「うん、あるけど……」

冗談《じょうだん》を言う松岡くんを制した真也に問いかけられて、オレはおずおずと頷いた。

今日のメニューは親子丼だし、卵を増量すれば三人分くらい作れるから、それは問題ないんだけど、今日は晩ご飯を食べていくほど長い話し合いをするなんて、いったいなにが起こってるっていうんだろ。

ただでさえ体育祭の為《ため》にギリギリまで残っているみたいなのに、学院内ではできない話をする為にわざわざウチまで来るなんてさ。

「二人とも委員会の仕事もあって忙しいのに、なにか大変な問題でもあるの？」

なにかよっぽどのことが起きているんじゃないかと心配になってきちゃって、差し出がましいとは思ったけど、神妙《しんみょう》な面持《おもも》ちで訊いてみた。すると二人は一瞬だけぴくって反応して、それからものすごく微妙《びみょう》な顔で苦笑《くしょう》を浮《う》かべてきて……。

「まこが心配するようなことじゃないから安心して」

「そうそう、ついでに変なことを企《くわだ》てているワケでもないから」

「ならいいけど……」

二人の態度は明らかにおかしかったけど、オレにはあまり突《つ》っ込んでほしくないみたいだし、仕方なく納得《なっとく》することにした。二人が危ないことをするワケじゃないなら別に問題ないしね。

「それじゃ先にご飯にしようか？　オレたちの話が終わるのを待ってたら遅くなっちゃうし。まこ、着替《きが》えたら手伝うから」

「オレもごちそうになるばかりだと悪いから手伝うよ」

「平気だよ、もうほとんどできてるし。松岡くん、真也が着替えてくるまでゆっくりしてて」

松岡くんにソファを勧《すす》めて、オレはさっそくご飯の仕上げにかかった。

そして大地以外では初めてになる友だちを招いての晩ご飯となったんだけど、松岡くんはオレの作ったご飯でも大袈裟《おおげさ》なくらい褒《ほ》めてくれて、おもしろい話もいっぱいしてくれた。

「だから言っただろう、真也の詰《つ》めが甘いんだって」

「おまえにだけは言われたくないね」

「奇遇《きぐう》だな、オレもだ」

真也との言葉の駆《か》け引きを楽しんでいる松岡くんは、オレのよく知っているいつもの松岡くんで、学院にいる時みたいに真也に対して過剰《かじょう》なスキンシップをすることもなく、ごく自然に振《ふ》る舞《ま》っているように見えた。

だからオレもすっかり安心して、晩ご飯を食べ終わってから真也の部屋へ移動する二人を気持ちよく送り出したんだけど、後片づけが終わってお風呂《ふろ》から上がってきても、二人はまだ話し込んでいて……。

「……つまんない」

なまじ晩ご飯の席が楽しかっただけに、一人にされたことが寂しくなっちゃって、オレは大好きなシューティングゲームをしていても退屈《たいくつ》してた。

やる気もなくプレイしているせいかすぐにゲームオーバーになっちゃうし、コンティニュー画面の合間に、ついテレビの奥の壁を見つめる。

真也の部屋とオレの部屋の間にある壁は可動式の間仕切りということもあって、普通《ふつう》の壁より薄《うす》いんだ。だから内容こそ聞こえないけど、話している気配は伝わってくるから、余計につまらなくて。

「あ〜あ……」

真也たちの気配を窺《うかが》っているうちに、コンティニューも間に合わなくなっちゃって、オレはコントローラーを放《ほう》り出してごろりと横になった。そしてなにげなく窓を眺《なが》めてみたけど、隣《となり》の大地の部屋は真っ暗。

今日は大地も近くの空手道場で遅くまで稽古《けいこ》をする日だから、まだ帰ってきてないんだよね。

こういう時こそ騒《さわ》がしい大地がいてくれたらオレも気が紛《まぎ》れるのに、本当についてないな。

「はぁ……」

お気に入りのクッションを抱きしめて、オレはぼんやりしながら二人の気配を探《さぐ》った。

笑い声はいっさい聞こえないけど、いったいどんな難しい話をしてるんだろう？

まぁ、どうせオレが聞いても、頭が痛くなっちゃうような内容なんだろうけどね。

それにしても、松岡くんってば、いきなりいつもどおりに戻《もど》ってたな。

学校で真也にべたべたしていたのはなんだったんだろう？　見ているだけで恥《は》ずかしくなっちゃうような触《ふ》れ方をしてさ？

真也の取り巻きを追い払《はら》うのが目的じゃないよね。取り巻きは逆に喜んでたし、喜んでいるのがわかっていても、松岡くんは真也にまとわりついてたし。

そうそう、取り巻きといえば、みんな真也と恋人《こいびと》になりたいんじゃなかったのかなぁ？

オレはみんながそういう目的で、真也に近づいてるんだとずーっと思ってたのに、松岡くんが真也にくっついてるのを見て、あんなに喜んじゃってさ。

芸能人に対する憧《あこが》れと一緒《いっしょ》で、見ているだけで満足っていうことなのかな？

ただ芸能人より身近で、触れることが可能な憧れの人っていうこと？

なんだ、けっきょく真也に対する想《おも》いは、その程度のミーハーなものなのか。

……あ、だからオレは真也に取り巻きがいても、ちっとも気にならないのかも。彼らが本気じゃないってなんとなく肌《はだ》で感じてて、それで真也に近寄ってきても寛大《かんだい》な目で見られるのかもしれない。

「そっかぁ……」

意外な事実に気がついちゃって、つくづくといった感じで呟いてた。

退屈だったけど、考えてもみなかったことを発見できたから、こうやって一人ぼっちでいるのも案外有意義かもしれないなぁ、なんて。

それにしても、二人ともいつまで話しているつもりなんだろう？

もう九時過ぎてるけど、松岡くん、おウチの人にちゃんと連絡《れんらく》したのかなぁ？

ウチはうるさく言う親がいないから、いくらいてくれても構わないけど、おウチの人は心配しないのかな？

確か松岡くんの家は隣の駅からすぐの所にあるって言ってたから、帰るのにそれほど時間はかからないはずだけど……。

「そろそろ真也返してほしいなぁ……」

つい本音が出ちゃって、ため息が洩《も》れた。

だって今日は真也とぜんぜん話してないんだもん。学校では松岡くんが真也にべったりだったし、ウチに帰ってきてからも松岡くんとずっと一緒だから、二人きりで話したのなんて登校するまでのほんの一、二時間程度だし。

他《ほか》の人たちはどうかわからないけど、学院でのことや自分が見たり感じたりしたことを真也に話す時間って、オレにとってはものすごく大事なものなんだ。

くだらない話ばかりで真也はつまらないかもしれないけど、それでも真也が聞いてくれるだけで嬉《うれ》しくて。それに真也が自分のことを話してくれるのを聞くのも好き。

そういう時間を過ごすことがオレにとっては一番安らげて、ささやかな楽しみなんだけど、それすらままならないなんてさ。

それは真也だって松岡くんとのつき合いもあるし、オレにばっかり構っていられないのもわかるけど……。

「けど、寂《さび》しいんだもん……」

思い返してみたら余計に実感しちゃって、なんだか無性《むしょう》に真也が恋《こい》しくなってきた。

それでも今は会えないし、溢《あふ》れ出しそうな感情を押し殺すよう、クッションに顔を埋《うず》めて目を閉じていたんだけど……。

「またこんな所でうたた寝《ね》して」

「……ん……真也……?」

ふいに身体《からだ》が浮き上がった気がして目を開くと、真也がオレをベッドに運んでくれている最中だった。

「……松岡くんは？」

「少し前に帰ったよ」

「そっか……」

真也はオレをベッドに寝かせてすぐに起き上がろうとしたけど、オレは真也の首にぎゅっとしがみついた。

「まこ……？」

「……もうちょっとこのままがいい……」

もっと真也を感じていたくて、寝惚《ねぼ》けているせいにしてお願いすると、真也はクスッと笑いながらベッドに潜《もぐ》り込んできた。

「どうしたの？　なんだか今日のまこは甘えん坊《ぼう》だね」

オレの髪《かみ》にちゅっちゅってキスしながら真也はからかってくるけど、本当にそのとおりだから恥ずかしくて、オレはなにも言わずに真也の胸に顔を埋め、隙間《すきま》がなくなるほど身体を密着させた。

あぁ、真也だ。やっと真也と二人きりになれたんだ……。

たった一日触れ合えなかっただけなのに、なんだかものすごく離《はな》れていた気する。

けど、そんなことないんだよね。真也はこうやって抱《だ》きしめてくれるんだから。

「……まこ、そんなふうにしてたら寝かせてあげられなくなっちゃうよ？」

「いいよ」

たぶん真也は冗談《じょうだん》で言ったんだろうけど、本気で答えた。

だって本当にそれでもいいと思ったんだ。もっとたくさん話もしたいけど、こうやって触れていると、それ以上に真也をもっとずっと近くに感じたくなっちゃったんだもん。

「まこ……」

オレを呼ぶ真也の声が少し甘く変化した。腰《こし》を支えていた手も身体のラインを確かめるように動き、髪にキスするだけだった口唇《くちびる》がこめかみや耳朶《みみたぶ》に触れてくる。

「……本当にいいの？」

「うん……オレも真也が……」

それ以上は恥ずかしくて言えなくて、言葉の代わりに首筋にちゅってキスをしておずおずと見上げると、真也はなにか眩《まぶ》しい物を見るように目を細めて、顔を近づけてきた。

「まこ……」

吐《と》息《いき》で囁《ささや》かれてそっと目を閉じると、すぐに真也の口唇が触れてくる。それに応《こた》えてちゅって吸いつけば、今度はもっと深いキスをされちゃって……。

「ん……ふ……」

くちゅくちゅと舌を絡《から》めるキスをしながら、真也がパジャマのボタンを外していく。そして開いた胸許《むなもと》を大きな手がさらりと撫《な》で、パジャマを肩《かた》から抜《ぬ》いていく。

「ぁっ……ん……」

キスを続けながらオレも真也に協力してパジャマを脱《ぬ》ぐと、すぐにまた真也の手がゆっくりと円を描《えが》くように胸全体を撫でてきた。

頭がボーッとしちゃうようなキスと、さらさらした手の感触《かんしょく》が気持ちよくて、すっかりリラックスして身体を預けていると、胸全体を撫でていた手が、ぷつん、と尖《とが》りはじめた乳首《ちくび》を念入りに捏《こ》ねてくる。

「んっ……んー……」

やだ……やだ……ものすごく気持ちいいよぉ。

手のひらを使って乳首をくにゅくにゅって転がされちゃうと、身体の奥が疼《うず》いてものすごく感じちゃう。ちょっともどかしいんだけど、焦《じ》らされてるような感じも良くて……。

「んっ……あ、あん……真也ぁ……」

「……気持ち良さそうだね。ちょっと撫でてあげただけなのに……ほら、両方ともコリコリになってる」

「あ、あんん……それ、だめぇ……」

両方の乳首を指先で上下に擦《こす》られちゃうと、乳首がどんどん硬《かた》くなってきちゃって、擦られる度《たび》に身体がぴくん、ぴくんって跳《は》ねちゃう。

ものすごく気持ちいいけど、そんなふうに弄《いじ》られてたら、オレ、おかしくなっちゃう。

「やぁん……だめ。もうだめぇ……」

「なにがだめなの？　言わなきゃわからないよ？」

「やぁん……そんなの……」

そんな恥《は》ずかしいこと言えなくて首をふるふると振《ふ》ると、真也はクスッて笑いながら乳首をきゅって摘《つま》んできた。

「やぁっ……！」

「ほら、言ってみて？　まこは乳首をどうされるといやなの？」

摘んだ乳首の先を指先でいっぱい撫でられちゃうと、背筋がぞくぞくするほど感じちゃって、オレは涙目《なみだめ》で真也を見上げた。だけど真也はやめてくれなくて……。

「まこ？」

「んんっ……乳首くにゅくにゅしちゃ……や、なの……」

促《うなが》されるように呼ばれて、真っ赤になりながら恥ずかしい言葉を口にした。なのに。

「そう？　けどまこの乳首は気持ちいいって言ってるよ。こんなに可愛《かわい》く尖らせて……オレにもっといじめてほしいみたい」

「あ、あっ……やぁんっ！　だめぇ、そんなにしちゃやぁ……！」

恥ずかしいのを堪《こら》えて言ったのに、真也はもっとエッチなことを言いながら、尖りきった乳首をきゅうぅって引っぱってきた。

「や、やんん……ひ、引っぱっちゃだめぇ……」

痛いほどの刺激《しげき》に背が仰《の》け反る。すると真也は揉《も》み出した乳首に、ちゅっちゅってキスをしてきて……。

「可愛い。乳首をちょっといじめただけで泣きそうになっちゃって。ほら、もうこんなにいやらしい色になってる。乳首だけでこんなに感じるようになっちゃって……まこは悪い子だね」

「あ、あン……だめだよぉ……舐《な》めちゃだめぇ……」

だめって言ってるのに、真也は乳首にちゅくって吸いついて、凝《こ》り固まった乳首を解《ほぐ》すように舌先で押し潰《つぶ》してくる。

「あんん……あ、真也ぁ……」

「……美味《おい》しいよ、まこの乳首……ものすごく甘くて食べちゃいたい……」

「あ……あぁんっ！　やぁっ……食べちゃだめぇ！」

柔《やわ》らかく歯を立てながら舌先でいっぱい舐められちゃうと、本当に食べられちゃいそうで真也の髪を引っぱった。すると真也はちゅぱって音をたてながら乳首から口唇を離して、クスクス笑いながら真っ赤になるオレを見上げてきた。

「そんなに泣きそうな顔しないの。本当に食べるワケないだろ？　ものすごく美味しそうだけど、食べちゃったらもうこんなに可愛いまこが見られなくなっちゃうしね？」

濡《ぬ》れた乳首を指先で転がしながらオレを宥《なだ》めるように言って、今度はもう片方の乳首もいっぱい舐めてきた。

「あぁん……あ、あっ……真也ぁ……」

「本当に感じやすくなったね……これじゃ夏服が擦れただけでも感じちゃうんじゃない？」

「そんなの……」

「シャツから可愛い乳首が尖ってるのをみんなに見られちゃってもいい？」

「んっ……そんなのやぁっ……」

シャツが擦れただけで感じるワケないけど、このまま真也に乳首ばっかりいじめられてたら本当にそうなりそうで首をふるふると振った。すると真也も神妙《しんみょう》な顔で頷《うなず》いてきて……。

「オレもいやだな。こんなに可愛い乳首をみんなに見せたくない。体育の着替《きが》えの時だって、本当は隠《かく》したいくらいなんだ。なのにまこはちっとも意識しないで、このピンクをみんなに見せつけてるし……」

今は真っ赤だけどねって言いながら、真也は乳首をピン、て弾《はじ》いてきた。そして今度は意地悪くきゅって摘んできて……。

「大地に抱きつかれる時、たまに感じてるだろ？　大地がわざと触《さわ》ってるのもあるけど、まこ、すごくエッチな顔してるし」

「し、真也がいけないんじゃないかぁ。真也が毎日のように弄るから、大地に抱きつかれるだけで意識もしてない場所だったのに、真也がエッチなことばっかりしてくるから……」

それは真也が言うように、大地がわざと触るせいもあるけど、真也がいっぱい弄るから、ちょっと触られるだけでも感じるようになっちゃったんじゃないか。

「ぁっ……も、真也のせいなんだからねっ！」

「そう、オレのせいだよね。オレがまこの乳首をいっぱい可愛がっちゃったから、こんなに感じるようになっちゃったんだよね。だから、ちゃんと責任取るね」

「ぁっ……やぁんっ！」

乳首を舐めながら、もうすっかり勃《た》ち上がっているアレを握《にぎ》り込まれちゃって、オレはびくんって身体《からだ》を強《こわ》ばらせた。けど真也にゆっくりと擦られているうちに、身体からどんどん力が抜けてきちゃって……。

「すごいぬるぬる。ほら、聞こえる？　すごくエッチな音がしてるよ？」

「やぁん……言わないでよぉ……」

言われなくても、くちゅくちゅと粘《ねば》ついた音が聞こえてるのに、そんなふうに言われたら余計に恥ずかしくなっちゃうじゃないか。

感じながらも真っ赤になって真也を睨《にら》むと、クスッて笑われた。

「恥ずかしいの？　けど、まこは恥ずかしいの好きだもんね？　オレにエッチなことをいっぱい言われると感じちゃってエッチな蜜《みつ》をいっぱい洩《も》らしちゃうし……ほら、また」

「んぅっ……だめ、そこばっかりやぁ……」

じゅんって溢《あふ》れてきた蜜を掬《すく》い取りながら、真也は先端《せんたん》の孔《あな》をクリクリと弄《いじ》ってくる。

やだ、もう……敏感《びんかん》な粘膜《ねんまく》を弄られるだけでも感じちゃうのに、そんなふうに一番感じる孔の所ばっかりクリクリされちゃったら……。

「あ、あー……やぁん……ッちゃう。もう出ちゃ……」

「もう？　まだちょっとしか触ってないのにイッちゃうなんて、本当にまこはエッチだね」

「あんん……だ、だって……」

真也が感じちゃう所ばっかり触ってくるからだもんっ。

身体の奥がうずうずして、もう我慢《がまん》できないくらい気持ちよくて……。

「あ、あっ……真也ぁ……もうだめ……本当にもう……」

根元から先端にかけてをいっぱい擦られているうちに、もう我慢できなくなってきちゃって、オレは真也の手の動きに合わせて腰《こし》を揺《ゆ》らした。

「そんなにいやらしく腰振《ふ》って……まこがいやらしく振るから……ほら、すごく揺れてるよ？」

言われてつい見ちゃったアレは、真也の手の中でふるふると揺れてた。

クスッて笑われちゃってものすごく恥ずかしかったけど、自分でももう止められない。

「あ……あ……」

熱い塊《かたまり》が出口を求めるように身体の奥から湧《わ》き上がってきて、つま先までピン、と張り詰《つ》めた。

だけど……。

「あぁ……やぁっ……」

もう少しでイけたのに、真也はアレの根元をきゅっと締《し》めて、先端の孔にも指を埋《う》め込んできた。その途端《とたん》に出口を失った熱が身体を逆流して、身体がびくん、びくんって震《ふる》えた。

「な、なんでぇ……？」

スン、て啜《すす》り上げながら意地悪をする真也を見上げると、真也は目尻《めじり》に浮《う》かぶ涙を吸い取りながら艶然《えんぜん》と微笑《ほほえ》んできた。

「勝手にイッちゃだめだよ。オレにちゃんとお願いしなきゃ」

「んっ……かせて……もうイかせてよぉ……」

恥《は》ずかしいとか思う余裕《よゆう》もないくらい身体は高まっているし、素直《すなお》にお願いした。なのに。

「それだけじゃだめだよ。もっと可愛くおねだりしなきゃ」

「……そんなのわからないよぉ……」

そんなこと言われてもどうしていいのかわからなくて、涙をぽろぽろ零《こぼ》しながら真也を見つめていると、真也はまた意地悪く微笑んできて……。

「どうやってイかせてもらいたいかちゃんと言って。手でくちゅくちゅ擦《こす》ってお漏《も》らしするところをオレに見てもらいたい？　それとも、お口でぺろぺろ舐めてエッチなミルクを飲んでもらいたい？」

「やぁっ……！」

そんな恥ずかしいこと言えなくて、オレは泣きながら首を振った。けれど真也は許してくれなくて、オレの耳許でもっとエッチで信じられないことを囁《ささや》いてきた。

「……っ!?　やだぁ……言えない……そんなの言えないよお……」

「……ほら、そう言ったらイかせてあげるから」

「んぅっ……」

イかないように根元を縛《いまし》めながら、先端をぐるりと撫《な》でられちゃうともう我慢できなくて、オレはしゃくりあげながら涙《なみだ》で滲《にじ》む目で、真也を見つめた。だけど真也は絶対に譲《ゆず》らないっていう顔でにっこりと微笑んでいる。それが憎《にく》たらしいんだけど、言い出したら絶対に聞かないのもわかっているし、なによりこの甘苦しい状態のままでなんていられなくて……。

「……まこ？」

「ふっ……し、真也ぁ……」

「なに……？」

「ま、まこの……オチンチンぺろぺろ舐《な》めて……エッチなミルクごくんって飲んで……？」

「まこはオレにお口でくちゅくちゅされたいの？」

「やぁ……もうやぁ……！」

そこまでが限界だった。消えてなくなりたいほど恥ずかしいのと、弱みを握ってエッチなことを言わせた真也が憎たらしくて、オレは子どもみたいな泣き声をあげながら、力の入らない手で真也を叩《たた》いた。

「ふぇぇん……ばかぁ……真也のばかぁ……」

「そんなに泣かないの。よく言えたね。いいよ、まこのオチンチンが溶《と》けてなくなっちゃうほどいっぱい舐めて、エッチなミルクも空になるまで飲んであげる……」

「あ、あぁん……」

暴れるオレを宥《なだ》めるようにちゅってキスをした真也は、アレをぱくんって咥《くわ》えてきた。

その途端に腰が蕩《とろ》けちゃいそうなほど気持ちよくなっちゃって、真也を叩いていたはずが、いつの間にかその髪《かみ》に指を埋めてた。

「美味《おい》しい……まこの……すごくぴくぴくしてる……」

「んんっ……ぁあ……あン……真也ぁ……」

ちゅるって吸われると腰が勝手に浮き上がっちゃって、そんなつもりないのに真也の口に押しつけてた。すると真也は舌を絡《から》めながら、空いているほうの手で、お尻《しり》の孔をゆるゆると撫でてくる。

「あぁん……そこはっ……」

真也にいっぱい意地悪をされたせいで、アレから溢れた蜜でそこもぬるぬるになるほど濡《ぬ》れちゃってて、真也がちょっと力を込《こ》めただけで、指が簡単に入ってきちゃって……。

「あ、あー……そんなにいっぱいしちゃっ……」

アレを舐めながらお尻もくちゅくちゅされちゃうと、もうおかしくなっちゃうくらい感じちゃって、首をふるふる振りながら涙を零した。それなのに真也はやめるどころか更《さら》に指を増やして、オレが一番感じちゃう場所を擦りながらねっとりと舐め上げてくる。

「ん、んー……もうやっ……きたい……イきたいよぉ……」

髪を引っぱってお願いしてるのに、真也は縛めを解いてくれずにアレをいっぱい吸ってくる。それにお尻もまるでアレを入れている時みたいに、くちゅん、くちゅんって音がするほど突き上げられちゃって……。

「やぁっ……あぁン！　んっ……んんっ……」

身体がびくん、びくんって跳《は》ねちゃって、オレは射精もしていないのにイッてた。真也もオレがイッたのに気づいたのか、目だけをオレに向けて微笑みながら更に舐め上げてくる。

「や、やぁ……だめ。もう舐めちゃだめだよぉ……」

もうどこを触《さわ》られても感じちゃうほど敏感になっちゃって、真也に舐められるのもお尻を弄《いじ》られるのも辛《つら》かった。だけど真也は構わずに舐めてくるから、またちょっとずつ気持ちよくなってきちゃって……。

「ん……ふぅ……」

やだ……腰が勝手に動いちゃう。だめって思うのに止まらないよぉ。

真也がお尻を突いてくるのに合わせて、もっと深くまで欲しいっていうように自分から動いちゃうなんて、そんなの恥ずかしいのに……。

「あ……あんん……」

ぎりぎりまで入り込んでいた指が、くちゅんって音をたてて出ていったかと思ったら、今度はもっと太いのがぐいって入ってきた。

指を増やされたのはわかったけど、ぜんぜん苦しくない。それどころか物足りないくらいで、中を擦る真也の指をきゅって締めつけてた。

「……すごい、まこの中。オレの指に絡みついて放してくれないよ？」

「んんっ……だって……」

真也がいっぱい気持ちいいことをするから、もうオレ、変なんだもん。身体《からだ》が言うことを聞かなくて、中を擦られちゃうと勝手に締めつけちゃうんだ。

「可愛《かわい》い……こんなにびくびくして。泣いちゃうほどいいの？」

「あぁん……いい、から……ね、ねぇ……」

「なに……？」

「……きたい……もうイかせてよお……」

真也が舌を絡めてくる度《たび》に、アレがはち切れそうなくらいびくびくしちゃって、オレは涙をぽろぽろ流しながらお願いした。すると真也は先端《せんたん》をちゅううぅって吸いながら縛めを解いた。

「あっ……やあぁぁぁん！　あ、あー……っ……」

いっぱい吸いながら扱《しご》かれて、それと同時にお尻もいっぱい突《つ》き上げられ、オレは思いきり真也の口の中に射精してた。だけど……。

「やぁ……ん……と、止まらないよぉ……」

いっぱい我慢《がまん》させられたせいか、いつまで経《た》っても射精が止まらない。真也の口唇《くちびる》から飲み込みきれないのが零《こぼ》れるくらいたくさん出しちゃって……。

「は……あぁん……や、やー……」

頭が真っ白になるほどの快感に、目を大きく見開いた。本当にアレが溶けてなくなっちゃいそうなほど気持ちよくて、もうなにがなんだかわからなくなっちゃって――。

「まこ……まこ……大丈夫《だいじょうぶ》？」

「ん……ふ……？」

「まだ終わりじゃないよ……」

「あっ……あん……」

腰《こし》を揺《ゆ》さぶられて、その時になって初めて真也が中にいるのに気づいた。びっくりして咄嗟《とっさ》に身体を捩《よじ》ろうとしたけど、動いた途端《とたん》に中にいる真也がいい所に擦れたから、身体から力がふにゃって抜《ぬ》けちゃって……。

ウソ……いつの間に？　いくら気持ちよすぎて頭が真っ白になっちゃったからって、こんなにおっきいのが入ってきたのも気づかなかったなんて……。

「まこの中すごいよ。熱くて柔《やわ》らかくて……搾《しぼ》り取られそう……」

「んっ……ぁっ……」

耳許《みみもと》で囁かれてぞくんって感じちゃった瞬間《しゅんかん》に、中にいる真也を締《し》めつけちゃって、つま先までジンと痺《しび》れた。真也も気持ちよかったのか、色っぽく目を細めながら熱い息をついて、オレを囲うように身体を屈《かが》めてきた。

「まこ……っ……」

「んっ……」

目を閉じた瞬間に零れちゃった涙を舐め取って、目蓋《まぶた》や目尻《めじり》にキスしてくる。それにも感じちゃって顎《あご》を反らすと、口唇にもちゅってキスをされて、ゆっくりと突き上げられた。

「あっ……あん……真也ぁ……」

「まこ……まこ……気持ちいい？」

「ん、うん……気持ちい……」

素直《すなお》に頷《うなず》くと、真也はクスッて笑いながらオレの脚《あし》をぐいって持ち上げて、もっと深く繋《つな》がってきた。ちょっと苦しいけどそれ以上に気持ちいい。

「んっ……ふ……」

焦《じ》れったくなるような動きだから、真也の形がわかっちゃう。

だけどゆっくりされるのも好き。恥《は》ずかしいから言えないけど、真也で満たされていくのが実感できて、奥に届く度にどんどん気持ちよくなっちゃうんだ。

ワケがわからなくなるような激しさはないけど、身体が少しずつ高みに上り詰《つ》めていくみたいで……。

「すごく気持ちいい顔してる……いい所に当たってる？　ここ好き？」

「んっ……好き……好き……」

好きって言う度に気持ちよくなっちゃって、真也が出ていくのを阻《はば》むように腰に脚を絡めた。

すると真也は腰を揺らして奥をいっぱいつついてくる。

「ここ、だろ？　ここをつつくとイッちゃうくらい感じちゃうんだよね？」

「ぁっ……あ、あっ……だめぇ……そんなにしたら……」

「本当にまこは奥が好きだね……ほら、中がすごくいやらしく動いてる」

「やぁんっ……あ、あっ……」

エッチなことを言われたら余計に意識しちゃって、繋がっている場所がひくん、ひくんって動いた。そうすると中にいる真也が少しおっきくなって、今まで以上に鼓動《こどう》が伝わってくる。

「まこ……まこ……オレのはまこの中でどうなってる？」

「あ、あんん……そんなの……」

そんなの言えないって首をふるふると振《ふ》ったけど、真也は許さないとばかりにオレを揺すり立てた。

「やぁん……」

「ほら、言って？　オレはまこの中でどう感じるの？」

「あ、熱くて……どくどくしてて……き、気持ちいい所いっぱい擦《こす》って……あ、やぁん……」

まるでそこに心臓があるみたいに、真也のおっきいのがオレの中で息衝《いきづ》いてるんだ。それが火傷《やけど》しそうなくらい熱くて気持ちよくて……頭がボーッとしちゃう。

「……そうなんだ？　まこの気持ちいい所にちゃんと擦れてるんだね……」

「んあぁ……あ、あ、あぁん……」

くちゅんくちゅんって音がするほど出し入れされちゃうと、身体の奥底から甘酸っぱい感覚が湧《わ》き上がってくる。そして奥のほうを掻《か》き回されると、それがどんどん強くなってきて……。

「あ、しん……真也ぁ……」

なんだかせつなくて無性《むしょう》に甘えたくなっちゃうような衝動《しょうどう》に駆《か》られて真也を呼べば、オレが安心するようなキスをくれた。

それに応《こた》えながらしがみつくと、ずくずくと突き上げられちゃって……。

「あっ……あん……あ……」

「まこ……っ……まこ……」

ぐっと突き進んできた真也が出ていく仕種《しぐさ》をすると、中がいっぱい擦れちゃってものすごく気持ちいい。だけどすぐに物足りなくなっちゃって、もっと奥を満たしてほしくなる。

もちろん真也はなにも言わなくてもすぐに奥へ入ってきていい所をついてくるから、オレはもう夢見心地《ゆめみごこち》で甘い声をあげ続けてた。

「あ、あんん……真也ぁ……」

もう真也と気持ちよくなることしか考えられない。真也がオレをこんなに気持ちよくしてくれてるんだって思うだけで、嬉《うれ》しくて幸せな感情が溢《あふ》れてきて……。

「んん……ぁっ……もっと……もっと……」

「もっと欲《ほ》しいの？　まこは欲張りだね……」

「あんん……だ、だめ……？」

こんなにエッチなオレは嫌《きら》いだったらどうしようと不安になって見上げてみれば、真也は優《やさ》しく微笑《ほほえ》みながらちゅってキスしてくれた。

「だめじゃないよ。もっとオレを欲しがって……」

「あぁン……あ、あ、あっ……」

言いながら一番感じちゃう場所をいっぱい突かれると、もうすっかり勃《た》ち上がって真也のお腹《なか》に擦れていたアレがふるんって反応しちゃって、エッチな蜜《みつ》がまた溢れてきちゃう。

律動も徐々《じょじょ》に激しくなってきたけど、もうなにをされても気持ちよくて、オレも真也に合わせて腰を揺らした。するともっと深く感じちゃって、今まで以上に身体《からだ》が蕩《とろ》けて……。

「やぁん……あ、あっ……」

力の入らなくなった腕《うで》で首に抱《だ》きつくと、真也もオレをぎゅっと抱きしめて、もう言葉もなく挑《いど》んでくる。だけど言葉なんか必要ないほど、身も心もひとつになっている実感があって、身体が気持ちいい以上に、心がものすごく満たされて幸せだった。

エッチをする前に感じていた寂《さび》しさや不安なんて、もう全部吹《ふ》き飛んじゃうくらい安心できて、真也が友だちとのつき合いを優先することくらい、どうってことないように思えた。

だって真也はオレをこんなに求めてくれているんだもん。それをわかっていれば、寂しくなんてない。

だから、もう大丈夫《だいじょうぶ》。これから先、なにがあってもオレたちは――。

「まこ……っ……」

「あ、あぁんっ……し、真也ぁ……」

両手をぎゅっと繋いで、オレたちは同時に極《きわ》めた。

息が止まるほどの絶頂とその時の一体感に頭が真っ白になって、それから二人してしばらくはボーッとしていたんだけど、先に現実に戻《もど》ってきた真也が名残惜《なごりお》しげにくちづけてきた。

「まこ……」

「んっ……ふ……」

舌を絡《から》めるキスは身体がまた熱くなりそうなくらい濃厚《のうこう》なものだったけど、徐々に触《ふ》れるだけの穏《おだ》やかなものになってくる。

ちゅっちゅって何度もキスをして、その間もお互《たが》いに触れ合う。

「まこ、大好きだよ」

「うん、オレも真也が大好き」

「まこ……」

にっこりと微笑みながら素直な気持ちを告げると、真也も嬉しそうに微笑んで、ぎゅっと抱きしめてくる。確かめるように回された腕は、オレを労《いたわ》るような優しさに溢れていた。

それを感じているうちに本当に安心してきちゃって、オレは真也に寄り添《そ》いながら静かに目を閉じた。

木曜日

バス停へ向かっている途中《とちゅう》、どうしても急ぎ足になっちゃうオレの肩《かた》を、真也がそっと掴《つか》んできた。

「まこ、そんなに慌《あわ》てなくても大丈夫だよ」

「うん、けど……ごめんね？　オレがなかなか起きなかったから」

オレを安心させるように言ってくる真也に、しゅんとしながら謝った。

いつもならとっくにバスに乗って、そろそろ学院に着いてる頃《ころ》なのに、オレがなかなか起きなかったせいで、次のバスを逃《のが》したら確実に遅刻《ちこく》っていう時間になっちゃったんだ。

「真也、なにか仕事あったりしない？　先生に用事頼《たの》まれてない？」

「別になにもないから気にしなくていいよ。それに、まこが起きられなかったのはオレのせいだしね？」

「う……」

クスクス笑いながら言われて、オレは真っ赤になって口を噤《つぐ》んだ。

もう、こんなに清々《すがすが》しい朝からわざわざ言わなくてもいいのに。

そんなふうに言われたら思い出しちゃうじゃないか。

「どうしたの、顔が真っ赤だよ？」

「……ばか。やっぱり真也のせいだ。だいたい、朝ご飯を抜《ぬ》けば余裕《よゆう》だったのにさ」

わかっていながら惚《とぼ》けた顔をする真也が憎《にく》たらしくてぶつぶつと文句を言うと、真也はちょっと恐《こわ》い顔で見下ろしてきた。

「朝ご飯抜きは禁止だって言ってるだろ。抜くくらいならしっかり食べて遅刻したほうがマシだよ。ただでさえまこは少食なんだから朝はしっかり食べないと」

「わかってるってば……」

お説教モードに入っちゃった真也に、オレはすごすごと同意した。

別に真也は、大地みたいに食い意地が張ってて、そういうことを言ってるワケじゃないんだ。むしろ自分は食べなくても、オレにはしっかり食べさせなきゃって義務を感じてるみたい。

それというのもオレが以前、ご飯を食べないで学校に行って倒《たお》れちゃったせい。

つき合う以前、真也に冷たくされたのが悲しくて、ご飯が喉《のど》を通らなくなって体育の授業中にばったり倒れちゃったんだよね。

それ以来、真也ってば責任を感じているようで、朝ご飯は自分が作るって言い出して、本当に毎朝作ってくれるようになったんだ。オレは放《ほう》っておくと食べないから、自分で作って食べさせたほうがマシなんだって。

しかもエッチをした翌日……今日みたいに学校に行かなきゃいけない日は、オレが食べやすい物を作ってくれるんだ。

甘やかされてるなぁって思うけど、そのぶん真也に愛されてるのも実感できて、ちょっと嬉しかったりして。

それで今日も小さいサンドイッチとバナナジュースを作ってくれて、それをしっかり食べてきたからこんな時間になっちゃったんだよね。

「それよりまこ、身体は大丈夫？　歩くの辛《つら》くない？」

「平気だってば」

「そう？　けど少し怠《だる》そうだし、腰《こし》もフラフラしてるように見えるけど」

「ちょっ……真也ってば！」

言いながらお尻《しり》をさりげなく撫《な》でられちゃって、オレは拳《こぶし》を振《ふ》り上げた。だけど真也はオレの拳をひょい、と避《よ》けて楽しそうに笑ってくる。

もう、信じられないっ！　通勤や通学途中の人が大勢歩いてる場所で触《さわ》ってくるなんて、誰《だれ》かに見られたらどうするつもりなんだよっ！

「そんなに怒《おこ》らなくてもいいだろ？」

「う〜……」

「恐い顔しないの。ほら、もうバス停に……」

そこまで言ったところで真也はふいに眉《まゆ》をひそめた。どうしたんだろうって思いながらオレも真也の視線を追ってみると、なぜかバス停に松岡くんがいて、オレたちに手を振っていた。

「遅《おそ》いぞ二人とも。待ちくたびれたじゃないか」

「誰も待ってろなんて言ってないだろ」

「まぁな。おはよう、まこちゃん。今日も可愛《かわい》いね」

「お、おはよう……？」

松岡くんに微笑《ほほえ》みかけられてつい応《こた》えちゃったけど、どうして松岡くんがいるんだろう？

オレたちが使うバス停は駅前からふたつ目だから、駅前から乗ってくる松岡くんがいるはずないのに。

というか、今の口振りだとオレたちを待ってたみたいだけど、学校に行けば会えるのに、どうしてわざわざ待ってんの？？

「ここまでするのか……」

「一緒《いっしょ》に登校するほうが効果的だと思わないか？　それに、たまにはいないのも刺激《しげき》になると思うしね」

「……なんの話？」

ぐったりとため息をつく真也に、松岡くんが自信満々に言ってるんだけど、その内容がさっぱりわからなくて首を傾《かし》げた。すると松岡くんはにっこり笑いながらオレの頭を撫でてくる。

「なんでもないよ。それよりほら、バスが来た」

「んー……」

なんだかはぐらかされた気がしたけど、本当にバスが来たからそれ以上は追及《ついきゅう》できなくて、仕方なく乗り込んだ。

遅刻ギリギリのバスは初めて乗ったけど、いつも乗っているバス以上に混んでいて、乗客は上級生がほとんどだった。しかも乗ってすぐに真也が庇《かば》うように手を伸《の》ばしてくれたんだけど、オレはあっという間に上級生の中に埋《う》もれちゃって、真也たちとは離《はな》ればなれになっていた。

うぅ……、遅刻ギリギリだから空《す》いてると思ったのに、こんなに遅い時間に登校してくる生徒がこれほどたくさんいるとは思わなかった。しかもみんなおっきいし、このままじゃ潰《つぶ》されちゃうよ。

いつも真也に庇ってもらいながら乗ってたから、朝のラッシュにもなんとか慣れてきたのに、オレ一人じゃ終点に着くまで保《も》たないかも……。

そんなことを思いつつも、足を踏《ふ》ん張《ば》って先輩《せんぱい》たちに押《お》し潰されないようにがんばっていると、目の前にいた先輩がなぜかいきなり腰に手を回してきた。

「ひゃっ……!?」

「……っと、大丈夫《だいじょうぶ》？　この前もピンチだったけど、今日も大変そうだね」

「えっ、と……？」

身体《からだ》を強《こわ》ばらせたまま見上げてみると、見覚えのない先輩がにこにこしてて、オレはどうしたらいいのかわからなくなっちゃって目を泳がせた。

「あれ、覚えてない？　ショック〜」

「ご、ごめんなさい……」

「ほら、この前階段でまこちゃん助けたじゃん」

「あ……」

そう言われて初めて、オレを抱《だ》きしめているのが階段で助けてくれた先輩だって気づいた。

「あの時はありがとうございました。おかげで助かりました」

とりあえずお礼はしなきゃと思って密着しながらも頭を下げると、先輩はどうでもいいというように笑ってくる。

「あー、別にいいよ。それより怪我《けが》はなかった？　なんか今日もフラフラしてたからつい助けちゃったけど……まこちゃんとは縁《えん》があるみたいだね」

「あっ……!?」

言いながらぎゅって抱きしめられた。慌てて身体を捩《よじ》ったけど、先輩の力は思いのほか強いし、身動きができないくらい混んでいるせいで、けっきょく先輩の胸に顔を埋《うず》める体勢になっちゃって……。

「このまま寄り掛《か》かってていいよ」

「けど、悪いです。それに蒸《む》し暑いし」

「まこちゃんなら大歓迎《だいかんげい》。それにまこちゃん、甘くていい匂《にお》いするし」

「……っ……」

すぅって髪《かみ》の匂いを嗅《か》がれたのがわかって、オレは真っ赤になりながらも鳥肌《とりはだ》を立てた。

はっきり言って気色悪い。それにあの時は本当に助かったけど、今はラッシュから庇ってくれているというより、先輩に抱きしめられているせいで余計に息苦しい。

だけど本人は助けているつもりみたいだし下手なことは言えなくて、助けを求めるように辺りを見回した。するとオレと背中合わせになっている先輩のそのまた向こうに真也がいて、しっかりと目が合った。だけど、オレを見つめる真也は無表情そのもので……。

うわ……真也、怒ってる。あれは絶対にヤキモチを妬《や》いて怒ってる顔だ。真也のことだからこの先輩のことも覚えているだろうし、またエッチなお仕置きされちゃうよっ。

というより、今にも人を掻《か》き分けてここまで来そうな雰囲気《ふんいき》なんだけど……。

けど周りは上級生ばかりなのに、そんなことをしたら変な反感を買いそうだし、せめてバスから降りるまではおとなしくしててほしいかも。

もう自分の状況《じょうきょう》より真也がいつ爆発《ばくはつ》するかが心配になっちゃって、はらはらしながら見つめていると、真也の隣《となり》にいた松岡くんが耳許《みみもと》でなにかをぼそぼそと囁《ささや》いた。すると真也はため息をついて、オレからふい、と目を逸《そ》らして……。

……あれ？　真也、諦《あきら》めた？

真也の様子がおかしいのに気づいて、松岡くんが宥《なだ》めてくれたのかな？

どっちにしても助かった……とはいっても、バスから降りたら絶対になにか言われるんだろうけどね。

その時のことを考えるとかなり恐《こわ》いものがあったけど、バスの中で騒《さわ》ぎになるよりマシに思えて、オレはけっきょく終点の櫻ヶ丘学院前まで先輩の腕《うで》の中にいた。

そしてようやくバスが到着《とうちゃく》して、先輩からも解放されてホッと息をつき、後から降りてきた真也たちにびくびくしながら並んだんだけど……。

「松岡、おまえ例の書類は全部まとめたのか？」

「あぁ、もう終わってる」

「そうか、なら今日はそれを詰《つ》めるか」

絶対になにか言ってくると思ったのに、真也は松岡くんと体育祭についての話を始めちゃって、オレにはなにも言ってこなかった。

変なの。いつもならオレに詰め寄って、先輩になにをされたか根掘《ねほ》り葉掘り訊《き》いて、すぐに機嫌《きげん》が悪くなっちゃうのに。

構えていたぶんなんだか肩《かた》すかしをくらった気分になったけど、オレから言い出すのも変だし、そのままおとなしくしていると、ふいに松岡くんが真也の肩を抱いた。

昨日からそういうスキンシップが当たり前になってるから、びっくりすることはなかったけど、それでもなんだか複雑な気分。一緒にいるのにオレだけのけ者にされているっていうかさ。

その証拠《しょうこ》に、二人してオレにはわからない仕事の話をしながら、どんどん先に行っちゃうんだもん。それでも必死になってくっついて行ったけど、二人に追いついたのは教室に入るところで……。

「真也くん、おは……」

「うるさい。真也に近づくな」

いつものように取り巻きが囲むよりも前に、松岡くんが真也を守るように前に出た。それにはさすがにテンションの高い取り巻きもびっくりしたようで、目を丸くして固まっている。

もちろんオレもびっくりしちゃって二人を見上げていると、松岡くんは冷たい態度をふと和《やわ》らげて、真也の頬《ほお》に触《ふ》れた。

「……真也、大丈夫だったか？」

「あぁ……」

「早くあっちに行こう」

まるで恋人《こいびと》に接する時のような親密さで、松岡くんは真也をエスコートする。それがあまりにも絵になりすぎてて、オレは取り巻きと共に呆気《あっけ》に取られて二人を見つめていた。

……えっと、今のって……なに？

昨日もすごかったけど、今日は一段とスキンシップに磨《みが》きがかかってるような。

いくら仲が良くても、あんなふうに優《やさ》しい目をして頬に触れたりしないよね!?

あれじゃまるで、本当につき合ってるみたいじゃないか。

そういえば今日も遅刻《ちこく》ギリギリだったのに、わざわざバス停で待ってたんだよね。ウチにだって毎晩来るようになったし、昨日だって真也のことを美人とか言ってたし、もしかして松岡くんって真也のことを……。

そこまで考えたらなんだか胸がチクン、てした気がして、オレは慌《あわ》てて頭を振《ふ》って変な考えを追い払《はら》った。

ばかだな、なにを考えてるんだろう。そんなことあるワケない。真也は昨日もオレをいっぱい愛してくれたし、今朝だってすごく優しくしてくれたじゃないか。

それはバスを降りてから、ちょっと様子が変だったけどさ。オレにはなにも話しかけてくれなかったけど……けどけどっ、絶対にそんなことないっ！

このまま考え込んでいたら変な妄想《もうそう》に取り憑《つ》かれそうな気がして、オレは自分に無理やり言い聞かせて、それ以上考えないようにした。

……したんだけど……。

「おぉ〜い、まこぉ……いい加減に機嫌直せよ」

「……別に怒《おこ》ってないもん」

弱りきった声で言ってくる大地をジロリと睨《にら》んで、五個目になるクリームパンに齧《かじ》り付いた。

「ンな甘い物ヤケ食いしといてどこが怒ってないってんだよ……」

「なにか言った？」

「へいへい、なんでもないですよ〜」

強い口調で言うオレに、大地はがっくりと肩を落としてため息をついている。

わかってるよ、大地の言いたいことくらい。いつもなら二個も食べたらお腹《なか》いっぱいになっちゃうのに、五個も食べるのはおかしいって言いたいんだろ。

けど、食べなきゃやってられないんだもん。

だってさ、オレが一生懸命《けんめい》否定して自分に言い聞かせてたのに、真也と松岡くんってばオレの努力なんておかまいなしにイチャついてるんだもん。

そう、もうイチャつくっていう表現がピッタリなくらいに、あの二人ってば人前で堂々とベタベタしてるんだ。

今にもキスしそうなくらいに顔を近づけて楽しそうに話したり、教室の移動の時だってみんなが振り返るくらい寄り添《そ》い合ったりしてさ。

そんな調子だから、このお昼休みまでに二人がつき合ってるっていうウワサがあっという間に流れちゃって、教室までわざわざ確認《かくにん》しにくる生徒までいるし、オレの我慢《がまん》も限界に来ちゃったんだ。

それはさ、オレだって違《ちが》うって何度も思おうとしたよ？

昨日エッチをした時、なにがあってもオレと真也との絆《きずな》は絶対だって感じたし、ものすごく幸せになれたから、それを思い出して何度も何度も言い聞かせてたんだ。

なのにオレの努力を嘲笑《あざわら》うかのように、見ているこっちが赤くなっちゃうようなスキンシップをするんだもん。それを見ているだけで、もうムカついちゃってムカついちゃって……。

なにがムカつくって、松岡くんに迫《せま》られてるのに、真也がそれをはね除《の》けないのがムカつく。

オレっていうものがありながら、どうして目の前でイチャついていられるんだよ？

松岡くんとはなんでもないから、オレに見られても平気っていうこと？

だとしても少しはオレを安心させるようなことを言ってくれてもいいよね。

それなのにそんなフォローすらないし、よく考えたら今日はバスに乗ってからずーっと話してないんだ。オレが先輩《せんぱい》に抱《だ》きつかれてた時だって、ヤキモチを妬《や》くどころかなにも言ってこなかったし……。

……あ、だめ。なんだか落ち込んできた。

真也にまったく相手にされてないって、今になって気づいちゃった……。

松岡くんがバス停で待ち構えているまでは、ものすごく楽しかったのに、どうしてこんなことになっちゃったんだろ。つき合いが大事なのはわかるけど、そんなに松岡くんと一緒《いっしょ》にいるほうがいいのかな……。

「……まこ？　腹でも痛くなったのか？」

なんだかどんどん寂《さび》しくなってきちゃって、そのままクリームパンを握《にぎ》りしめていると、大地が心配そうに顔を覗《のぞ》き込んできた。

オレを心配してくれるその顔を見たらなんだか泣きたくなってきちゃって、口唇《くちびる》をきゅって噛《か》み締《し》めていると、大地はため息をついてオレからクリームパンを奪《うば》っていった。

「ったく、変なウワサに踊《おど》らされんなよ。まこが信じないでどうすんだ」

「だって……」

オレにも言い分があるんだけど、それを言葉にするより前に涙《なみだ》が溢《あふ》れそうになっちゃって、スン、て啜《すす》り上げると、大地はちょっと困ったようにオレの頭を乱暴に撫《な》でてきた。

「あー……まこは考え出すと変な方向行っちまうんだから、もう考えるな。あいつらもふざけてるか賭《か》けでもしてるだけで、絶対になんでもねーんだからよ」

「……うん」

どうでもいいような言い方だったけど、その言葉を聞いただけでホッとしてた。

たぶんオレは、なんでもないんだって断言してもらいたかったんだ。

本当は真也から直接聞きたい言葉だけど、一番信頼《しんらい》できる大地に言われただけでも、ものすごく力強い。

そうだよね、絶対になんでもないいんだから信じなきゃ。

真也にも前に言われたばっかりじゃないか、オレを信じてって。

なのに周りのウワサや松岡くんの行動を、いちいち気にして拗《す》ねてる場合じゃないや。

真也が帰ってくるのはオレの所なんだから、今はなにも考えないでおとなしく待ってよう。

「……ありがと、大地」

「ったく、なんでオレが真也のフォローしなきゃいけねーんだよ……」

照れながらお礼を言うと、大地はそっぽを向いて、ぶつぶつと文句を言っていた。

笑っちゃいけないんだろうけど、その拗ねた様子がおかしくてクスクス笑っていると、大地は恨《うら》みがましい目つきをしてきた。

「ちぇっ、お礼なら言葉じゃなくて態度で示せよなー……」

「どうやって？」

もうオレが食べてたクリームパンは大地の胃袋《いぶくろ》に収まっちゃったし、どういうお礼なら喜ぶのかわからなくて首を傾《かし》げると、大地はニヤリと良くない笑《え》みを浮《う》かべて、テーブル越《ご》しに顔をずい、と近づけてきた。

「キスしたりとかヤらせてくれたりさ。てか、ヤらせろ」

「ばっ……ばかっ！」

とんでもないことをあっさり言ってくる大地が信じられなくて、オレは真っ赤になって大地を思いきり叩《たた》いた。だけどオレが全力で叩いても、大地はちっともダメージを受けずにニヤニヤしてて……。

「いって～なぁ。いいじゃんか、ちょっとくらい」

「なっ……ば、ばかっ。なんだよ、ちょっとって」

「ちょっとじゃなくてもいいぜ？　なんならフルコースするか？」

「ばか――っ!!」

軽く誘《さそ》ってくる大地に怒《いか》りが込《こ》み上げてきて、オレはもう一度大地を叩いて席を立った。

「ンだよ、そんな怒んなくてもいいだろ」

「うるさいっ。もう大地なんて知らない！」

「あ、待てよ～」

大地はおもしろそうに笑いながら引き止めてきたけど、それを無視して学食を出た。それでもまだ怒りは治まらなくて、オレは廊下《ろうか》をずんずん進んでいった。

なんだよ、いい奴《やつ》だなって思ってたのに、すぐにエッチなことばっかり言ってくるんだから。

だいたい、キスやエッチをするのがどうしてお礼になるんだよ。

それは気持ちいいかもしれないけど、キスは本当に好きな人としかしたくないもん。

それに大地のアレってものすごくおっきくて太そうだし、そんなの入れられちゃったらオレ、壊《こわ》れちゃ……って、違うっ！　そうじゃなくてっ！

怒っていたはずなのに、いつの間にかばからしいことを考えてた自分に気づいて、ぐったりとため息をついた。

「オレってば……」

もう、最悪。なんで大地のアレなんか想像してるんだよ。さっきまではもっと真剣《しんけん》に真也のことで悩《なや》んでたはずなのにさ。

それともオレ、そんなにダメージ受けてないのかなぁ？

そんなはずはないんだけど、もう自分で自分の考えが理解できないよ……。

「……もう、オレって変……」

「なにが変だって？」

「ひゃ……っ!?」

独り言に返事が返ってきたのにびっくりして跳《と》び上がりそうになった。慌《あわ》てて振《ふ》り返ってみれば、そこには担任の望月《もちづき》先生が立っていて、オレをおもしろそうに眺《なが》めてた。

「望月先生か。びっくりしたぁ……」

「ははは、なに悩んでるのか知らないけど、あんまりボケッとしてるとさらわれるぞ？」

「なんで学院内で誘拐《ゆうかい》されるんだよ」

「真実の場合は万が一があるからなぁ……」

「なにそれ？」

ワケのわからないことを言う望月先生に首を傾げたけど、曖昧《あいまい》な笑みで誤魔化《ごまか》された。

なんだよもう、本当に望月先生って意味不明。まだ二十五歳だし、黙《だま》って立っていれば女の人が寄ってくるほど凛々《りり》しい顔をしてるのに、口を開くとオレたちとほとんど同じ感覚になってふざけてくるんだもん。おとななのか子どもなのかさっぱりわからないよ。

まぁ、そのおかげで気安く話せるんだけどね。大地なんかもっちゃんとか呼んでるし。

「それで真実はもうメシ食ったのか？」

「うん、今食べ終わったところだよ」

「そうか、なら暇《ひま》だよな。これ図書室に戻《もど》しておいてくれないか？」

「えぇ～っ!?」

「オレまだメシ食ってないんだよ、頼《たの》むな」

不満げな声をあげたけど、望月先生はオレに分厚い本の山を押しつけて職員室へさっさと入っていった。そして後に残されたオレは、本の山を抱《かか》えてしばらく呆然《ぼうぜん》としてたんだけど、手が痺《しび》れてきたこともあって、仕方なく図書室へと歩き出した。

まぁ、学食に大地を置いてきちゃったし、真也は松岡くんとイチャついてるだろうから、どうせ教室に戻ってもやることもないし別にいいんだけどね。

けど、なんだか今日って本気でツイてないかも……。

急いでたからテレビは観《み》てこなかったけど、おひつじ座の運勢って十二位だったのかなぁ？

それともAB型が四位？　もしかしたらどっちも最下位だったりして……。

そんなことを考えつつ先生の言いつけどおりに本を返却《へんきゃく》して、図書室を出たところで時間を確認《かくにん》すると、お昼休みはあと十分で終わりだった。

ここから四階の教室までのんびりと戻ったらちょうどいい時間かも。

そう思って一番近い階段のほうへ歩いていくと、校舎と体育館を結ぶ渡《わた》り廊下のほうへ、真也と松岡くんが歩いていくのが見えた。

なんだよ、てっきり教室でイチャついてるのかと思ったのにさ。

それにしても、もうすぐお昼休みも終わるのに、なんで体育館のほうへ？

体育祭の準備かなぁ？　けど体育祭の準備だったら、他《ほか》のクラス委員がいてもいいよな。

なのに二人きりで行くってことは、委員会は関係ない？

「…………」

真也を信じるって決めたけど、二人きりで行動している点がものすごく気になっちゃって、オレはこっそりと二人の跡《あと》をつけた。すると二人は体育館へは入らずに、そのまま脇《わき》の道へ逸《そ》れて、部室が連なるクラブ棟《とう》のあるほうに歩いていった。

その時点で体育祭の準備は関係ないことを確信して、更《さら》に注意深く跡を追っていくと、二人はクラブ棟の手前の道を曲がっていって……。

「……武道館？」

その道の終点は、大地の所属する空手部と柔道部《じゅうどう》、それに剣道部《けんどう》が使用している武道館と屋外プールしかなくて、あとは行き止まりだ。

腹ごなしの散歩をするにしてはなにもない殺風景な場所だし、二人が武道館や季節はずれのプールに用事があるようにも思えない。

だったらどうして？　なんでそんなひと気のない場所に行くんだよ？

オレ、真也を信じるって決めたのに……。

いやな予感に心臓がきゅって締《し》めつけられたけど、その場から立ち去ることもできずに息をひそめて二人の様子を窺《うかが》っていると、二人は武道館の向かいにあるプールのフェンスにもたれかかってなにかを話し始めた。

オレのいる場所からじゃ二人の会話は聞こえないけど、普段《ふだん》どおりのやり取りをしている雰《ふん》囲気《いき》だけは伝わってくる。

だけどわざわざこんな場所に来て、世間話をするなんてことはないよね？

だったらなにを話してるっていうんだろ？

……あ、もしかして例の、人に聞かれちゃいけない話をしてる？

ウチに戻ってから話をするのじゃ間に合わないから、ここまで来たのかな？

そう考えるのが一番しっくりくるし、たぶんそれで間違《まちが》いないと思ったんだけど、その時ふいにフェンスにもたれかかっていた松岡くんが身体《からだ》を起こして、真也の肩《かた》を抱《だ》いた。そして真也を包み込むようにしながら、ちょっと首を傾げて……。

「ウ、ソ……」

その瞬間《しゅんかん》、本当に息が止まるかと思った。

だって松岡くんが真也にキス、してる……。

それに真也も避《よ》けようとしないで、松岡くんに抱かれたままで。

松岡くんの頭に隠《かく》れて見えないけど、少し首を傾げるようにして密着している様子は、どう考えてもキスしているようにしか見えなくて、オレはその場に頽《くずお》れそうになった。だけど震《ふる》える脚《あし》を叱咤《しった》しつつ、逃《に》げるようにその場を離《はな》れた。

やだ……いやだ。真也がオレ以外の人とキスするなんて。

オレにとってキスはすごく神聖なもので、好きな人としかしたくない大事な大事な行為《こうい》なのに、真也は違うの？　なんで松岡くんとキスするの⁉

二人はただの親友で、それ以外のなにものでもないと思っていたのに。今までの過剰《かじょう》なスキンシップも、ただふざけているだけだと思おうとしたのに。

なんで？　どうして真也なんだよ。どうしてオレから真也を盗《と》ろうとするの？

毎日ウチに来てたのも取り巻きから真也を守っていたのも、バス停で待ち伏《ぶ》せしてたのも全部、真也が好きだったから？　だから真也にキスしたの？

あんなひと気のない場所で真也を優《やさ》しく引き寄せて、口唇《くちびる》をそっと重ねて——。

「……っ……」

真也はどうして抵抗《ていこう》しなかったの？　オレより松岡くんがいいの？

昨日、オレをあんなにいっぱい愛してくれたのに、どうして松岡くんに応《こた》えるんだよ。

それとも、もうオレはいらないの？　もうどうでもいいの？

信じるって決めたのに、なんで……なんで——！

無我夢中で走っているうちに視界がぼやけてきた。

何度も拭《ぬぐ》ったけど、目が壊《こわ》れちゃったみたいで涙《なみだ》がちっとも止まらないんだ。

さっきから鳴り響《ひび》いてる心臓も張り裂《さ》けそうで、痛くて苦しくて……。

「あっ……」

段差に躓《つまず》いて、気がつけばオレは前庭の芝生《しばふ》に転んでた。

それでも痛みなんかちっとも感じなかった。身体よりも心のほうがずっと痛くて、新品の夏服が汚《よご》れちゃったのも、肘《ひじ》を擦《す》り剝《む》いちゃったのも、もうどうでもよくて……。

「ふっ……っ……」

オレはぐずぐず泣きながら、桜の大木に隠れるように身体を丸めた。

そして声を押し殺して泣きながら五時間目開始のチャイムが鳴り響くのを、まるで他人事《ひとごと》のように、どこか遠くで聞いていた。

「おい、まこ。黙ってねーでそろそろ話してみろよ、少しはラクになるぜ？」

大地が諭《さと》すように声をかけてきたけど、オレはぷい、とそっぽを向いて、大地の匂《にお》いがする布団《ふとん》の中にもそもそと潜《もぐ》り込んだ。

「こら、逃げんなよ」

「やだ。話したくないっ」

「ったく……」

大地は呆《あき》れてため息をついてきたけど、仕方ないじゃないか。

だってまだ自分の中で上手《うま》く消化できていないのに、いくら大地にだって話せない。

松岡くんが真也にキスしてた……なんてさ。

まだ認めたくないほどオレにはショックな出来事だったんだ。

夢であってほしかったけど、二人が重なり合う映像が今も目に焼き付いてて、それを思い出すだけで、頭の中や感情がごちゃごちゃになっちゃって、また涙が溢《あふ》れそうになるんだもん。

「ったくよぉ。五時間目をサボッたと思ったら、目ぇ真っ赤にして戻ってきてよ。おまけに制服も泥《どろ》だらけで肘は擦り剝いてるし……誰《だれ》かに襲《おそ》われたかと思ったぜ」

「……そのほうが良かった」

真也と松岡くんに裏切られるくらいなら、知らない誰かに傷つけられるほうがマシだった。

半ば本気で呟《つぶや》くと、大地は布団をいきなり捲《まく》って、オレを真上から見下ろしてきた。

「ざけんなよ。冗談《じょうだん》でもそういうこと言うな」

真剣な顔で怒《おこ》られちゃって、口唇をきゅっと噛《か》み締めた。

大地、本気で怒ってる。本気で怒ることなんて滅多《めった》にないのに、オレ、それだけばかなことを言っちゃったんだ……。

「ごめんなさい……」

「……泣くなよ。わかればいいんだって」

スン、て啜《すす》り上げるオレの頭を、大地は乱暴に撫《な》でながらそっと覆《おお》い被《かぶ》さってきた。

背中を優しく撫でられたら余計に泣けてきちゃって、オレは大地の胸にしがみついて涙をぽろぽろと零《こぼ》した。

あれだけ泣いてもまだ涙が出るなんて、本当に目が壊れちゃったみたいだ。だけど大地に優しくされると、弱っている心を隠せなくて涙が止まらなかった。

どうしてこんなに悲しくて悔《くや》しくて辛《つら》いのかな？　それにものすごい怒《いか》りも感じてる。

だってオレは、オレ以外の人とキスをした真也をどうしても許せないんだ。

軽く触《ふ》れ合うだけの戯《たわむ》れのようなキスも、身も心も蕩《とろ》けちゃうような濃厚《のうこう》なキスも、オレたちだけの特別なものだと思ってたのに、なんで松岡くんと……。

松岡くんはオレたちの関係を知らないし、まさか兄弟で……なんて思ってもいないだろうから、真也に迫《せま》ったんだよね？

真也を想《おも》う気持ちは誰にも止めることはできないし、それは仕方ないと思う。だけど真也はどうしてそれを拒《こば》まなかったんだよ？

断る代わりに一度だけキスを許したの？

それともオレに隠れて、松岡くんともそういう関係になるつもりだった？

どちらにしてもオレには到底《とうてい》理解できない。こんなに醜《みにく》い感情が溢れてきちゃうなんて、本当はいやなのに……。

「……そろそろ帰れ。真也も心配してるぞ？」

「帰らない」

優しく諭されたけど、ついムキになって答えてた。

大地が言うとおり、六時間目に教室に戻《もど》ってきた時から、真也が心配しているのはわかってるけど、真也と二人きりになりたくない。

それに帰ってみてまた松岡くんがいたら、オレはどうすればいいんだよ？

二人の顔を見たら、自分でもなにをするかわからないんだ。それ以前に二人と直面するのがものすごく恐《こわ》い。

だからウチには帰りたくなくて、オレは大地にぎゅって縋《すが》りついた。

「今日は大地の部屋に泊《と》まる」

「布団なんか出さねーぞ？」

「いい。大地と一緒《いっしょ》に寝《ね》る」

追い出されるのがいやでそのまま抱《だ》きつくと、大地は深いため息をついてきた。

「あのなぁ……この状態でそういうこと言うか？」

「え……？」

よくわからなくてスン、て啜り上げながら見上げると、大地はうって言葉を詰《つ》まらせながらオレを無理やり引き剝《は》がして布団から起き上がった。

「と、とにかく帰れっ。メシもまだじゃん。真也になんか作ってもらえよ」

「やだっ！」

こんな状態で食欲なんて湧《わ》くはずもないし、真也になんか作ってもらいたくないもん。

大地は窓を開けて待ち構えていたけど、オレはまた布団に潜り込んだ。

「まこ、いい加減にしとけよ」

「やだっ。帰らないっ！」

「まーこぉ……」

大地が弱りきった声をあげてきたけど、それを頑《かたく》なに無視して布団にくるまっていると、オレの部屋の窓が開く音が聞こえて、びくって身を竦《すく》ませた。

「……まこは？」

真也の静かな声が聞こえて、オレは息を潜《ひそ》めた。

そんなことをしたって、ここにいることを隠《かく》せるはずもないんだけど、布団を握《にぎ》りしめて二人の会話を聞いていた。

「さっきからずーっとあの調子だぜ。ったくよ、昼休みにオレと離《はな》れてからいったいなにがあったっつーんだよ？」

「……本人に確かめないことにはなんとも」

「だな。てか、オレの限界が来る前に持って帰れ」

「あぁ、わかった」

真也が大地の部屋に乗り込んできた気配を感じ取って、オレは咄嗟《とっさ》に布団から起き上がって、まるで追い詰められた猫《ねこ》みたいに壁《かべ》に張りついた。

実際、真也が目の前にいるというだけでオレの緊張《きんちょう》はピークに達してて、身体中がきゅっと強《こわ》ばった。

「まこ……」

「や、やだっ……来るなよっ！　オレは帰らないんだからなっ！」

「わかったから、帰ってきちんと話をしよう？」

「なにがわかってるんだよっ！　ちっともわかってないくせにっ!!」

「あ、こらっ！」

こんな時でも冷静な態度を崩《くず》さない真也にムカついて、オレは大地が止めるのも構わずに、畳《たたみ》の上に散らばっている漫画本《まんがぼん》や服を手当たり次第《しだい》に投げつけた。そしてそのうち投げつける物もなくなって、オレは怒りに任せて真也をキッと睨《にら》みつけた。

だけど真也はちっともダメージを受けた様子もなく、オレをジッと見つめてて……。

「……まこ、そんなに怒らないで」

「う……るさいっ！　こんな……こんな時間まで来なかったくせにっ！」

「ごめん、どうしても委員会が抜《ぬ》けられなかったんだ。遅《おそ》くなったのはまこの好きなオムライス作ってたからなんだ」

そんなふうに機嫌《きげん》を取ろうとしたって、ちっとも心に響《ひび》かなかった。むしろ委員会で遅くなったっていうこと自体、松岡くんとずっと一緒にいた証明にしかならなくて余計にムカついた。

「オレが迎《むか》えに来るのを待っててくれたんだ？　まこが落ち着くのを待つつもりでいたんだけど……ごめんね、気づいてあげられなくて。続きはウチで聞くからもう帰ろう？」

「やっ……！」

伸《の》ばされた手を振《ふ》り払《はら》って、オレはボケッと突《つ》っ立っていた大地にしがみついた。

「おわ……っ!?」

「やだっ、帰らないっ！　帰りたければ一人で帰ればいいだろっ！」

「まこ」

「うるさいっ！　今日はオレ、大地と寝るんだもんっ！」

バランスを崩して畳に座り込んだ大地に抱きついて一気に捲《まく》し立てると、それまで冷静な素振りを見せていた真也が目を眇《すが》めてきた。

その目つきの鋭《するど》さに思わずびくってしちゃったけど、それでも意地で睨みつけた。

「そんなこと許すはずないだろ。まこが一緒に寝ていいのはオレだけだ」

「な、なんだよ自分ばっかり勝手なことしといてっ。オレは大地がいいって言ってるだろ！」

「それ以上言ったら怒るよ」

大地に抱きつくオレを、真也は冷たい目で見下ろしてくる。

なんだよ、もうとっくに怒ってるくせに。松岡くんとキスをした自分のことは棚《たな》に上げておいて、オレには大地と一緒にいちゃだめなんて命令して、そんなの自分勝手すぎるよっ。

オレがどんな気持ちでいるかなんて知りもしないくせに。どんなに傷ついてるか気づいてもくれないで、勝手なことばっかり……！

「ふっ……もうやだ……真也なんか嫌《きら》い……帰れ。帰れよぉっ！」

なんだかもう気持ちが昂《たか》ぶっちゃって、オレはぐずぐず泣きながら大地にしがみついた。するとそれまで沈黙《ちんもく》を決め込んでいた大地が、まるでオレを守るように優《やさ》しく抱きしめてきた。

「真也、帰れ。おまえがいるとまこが余計に追い詰められる」

「……おまえは黙《だま》ってろ」

「黙ってらんねーから口出してんだろ。おまえに返すつもりだったけど気が変わった。まこはオレが預かる」

「……っ……」

オレをぎゅって抱き寄せながら大地が断言すると、真也はギリッと歯を食いしばって大地を睨みつけてきた。そして大地も真也に負けないくらい鋭い目をして見据《みす》えている。

そしてしばらくは緊迫《きんぱく》した睨み合いを続けていたんだけど、真也に帰るつもりがないのを見て取ると、大地はオレをそっと放し、真也の腕《うで》を無理やり摑《つか》んで窓へと追いやった。

「くっ……大地っ！」

「いいから帰れ。なにがあったかわかんねーけど、今まこを泣かせてるのは、おまえだ。そうだろう？」

「…………………」

オレからは大地の顔は見えなかったけど、大地の言葉を聞いた真也は僅《わず》かに目を見開いて、それから少し辛《つら》そうな表情を浮《う》かべて部屋を静かに出ていった。

「……これで良かったのか？」

窓を閉めて戻《もど》ってきた大地に声をかけられて、オレはこくんって頷《うなず》いた。

本当は帰る間際《まぎわ》に見せた真也の辛そうな表情にちょっとだけ後悔《こうかい》してたけど、今さら後戻《あともど》りはできないし、膝《ひざ》に顔を埋《うず》めてぐずぐず泣き続けた。

「……もう泣くな。おふくろも心配してるしさ?」

「うん……」

大地の部屋に来てすぐに、泣き腫《は》らした顔をしたオレを見た美紀《みのり》さんは、ものすごくびっくりしながらも、なにも訊《き》かずにそっとしといてくれてたんだ。

たぶん今の大騒《おおさわ》ぎも漏《も》れ聞こえていただろうし、きっと心配してるに違《ちが》いない。

オレは目許《めもと》をごしごし擦《こす》って涙《なみだ》を引っ込めた。それでもまだしゃくり上げちゃうけど、大地はからかったりすることなく、泣き止《や》もうとするオレを辛抱強《しんぼうづよ》く待っていてくれて……。

「メシ貰《もら》ってくっから少し食え。食って風呂《ふろ》入ったら少しは元気になれるからよ」

「うん……」

大地はオレの髪《かみ》をくしゃりと撫《な》でてから部屋を出ていった。

それを見送って、オレは胸につかえていた重い息を吐《は》き出した。

……また大地に甘えちゃった……。

教室に戻ってきてから、なにもしゃべらないで塞《ふさ》ぎ込んでいたオレを心配して、部活を休んで家まで送ってくれたし。

それに真也と顔を合わせたくなくて、帰ってすぐに部屋まで押し掛《か》けちゃったし。

帰れって言ってたのに、オレと真也のやり取りを見て、けっきょくオレを庇《かば》って泊《と》めてくれたりさ。

オレって本当に大地に迷惑《めいわく》かけてばかりだ。

いやな顔ひとつせずにつき合ってくれる大地に、甘えてばかりでなにも返してない自分が情けなくてまた泣きそうになったけど、ここで泣いたらまた大地に心配かけちゃうし、涙をぐっと堪《こら》えて膝を抱《かか》えていると、間もなく大地が大盛りの中華丼《ちゅうかどん》と小さいおにぎりを持って戻ってきた。

「ほら、食え」

オレにおにぎりとお味噌汁《みそしる》を渡《わた》すと、大地は黙々《もくもく》と大盛りの中華丼を平らげていく。

食欲なんてなかったし、大地の食べる様子を見ているだけでお腹《なか》がいっぱいになっちゃいそうだったけど、美紀さんがオレでも食べられるようにって、わざわざ小さめに作ってくれたおにぎりを食べた。

だけど真也は一人でご飯を食べてるのかなって思ったら、なんだか胸がいっぱいになってきちゃって……。

真也、オレの為《ため》にオムライスを作ったって言ってたよな。

言われた時は頭に血が上っててなんとも思わなかったけど、体育祭の準備で忙《いそが》しいのに、オレの為にご飯を作ってくれてたんだ……。

学院にいる間ずっと無視し続けてたのに、委員会に出席している間もオレのことをずっと心配していてくれた？

もしも一緒《いっしょ》に帰ってたら、松岡くんとキスした理由を教えてくれたのかな？

だけど理由を聞いても納得《なっとく》できるかわからないし、まだ他《ほか》の人とキスをした真也を許せない気持ちのほうが強いから、けっきょくケンカをしちゃいそうな気がする。

だからいいんだ。オレの為にご飯を作ってくれたり迎えに来てくれたりしたけど……本当は抱《だ》きしめてもらいたいけど、真也と会わないほうがいいんだ。オレは間違ってない。間違ってなんかないいんだ。

「まこ？　もう食わねーのか？」

「……うん。ごめんね、やっぱり食べられない」

「別にいいって。オレが食うからよ」

けっきょく一個しか食べられなくて謝ると、大地はまったく気にしてない素振りで残りのおにぎりをあっという間に食べてくれた。

それから大地がオレの部屋から明日の時間割を詰《つ》めたカバンと着替《きが》えを持ってきてくれて、交替《こうたい》でお風呂に入り、いつもよりちょっと早めに布団《ふとん》に入った。

その頃《ころ》になるとオレもようやく落ち着きを取り戻してきて、暗い部屋の中、オレを包むように抱き寄せている大地をジッと見つめた。

「……大地」

「ん？」

「ありがとう。それからごめんね？」

同じ布団に潜《もぐ》り込んでくっついているせいか大地がより近くに感じられて、お礼の言葉と謝罪が素直《すなお》に言えた。すると大地は照れたようにオレの頭をぐいって引き寄せてくる。

「ンだよ、気にすんなって」

「……うん。けど、けっきょく部活も休ませちゃったし……」

こうやって慰《なぐさ》めてくれる大地には感謝してもし足りないくらいだし、それ以上に悪いことをした自覚もあるから、少しは反省してることを伝えたくて、また小さな声でごめんなさいって言うと、大地は頰《ほお》をぷにって摘《つま》んできた。

「ばぁーか。変なこと気にしてんじゃねーよ。オレはまこが笑ってればいいんだからさ？」

「うん……」

オレが気を遣《つか》わないようにって、ワザと明るく言ってくれる大地の胸に顔を埋めてみると、大地の心臓は今にもとび出しそうなくらいドキドキしてた。

「大地、すごくドキドキしてる……」

「当たり前だろ」

「あっ……」

拗《す》ねたように言いながら、大地はオレをぎゅって抱きしめてきた。

「大地……」

「……このくらいはいいよな？」

「……うん」

遠慮《えんりょ》がちに言いながらも、大地はオレの脚《あし》の間に脚を割り込ませて更《さら》に密着してきた。そしてオレの髪に顔を埋め、匂《にお》いを嗅《か》ぎながら時々ちゅってキスしてくる。

今朝似たようなことを先輩《せんぱい》にもされちゃったけど、その時みたいな嫌悪《けんお》感はなかった。心が弱っているせいか、大地にこうやってしっかりと抱きしめてもらうと寂《さび》しさが紛《まぎ》れる気がして、オレは大地の温《ぬく》もりを感じながらそっと目を閉じた。

金曜日

シン、と静まり返った廊下《ろうか》を、オレは一人で歩いてた。

校庭のほうから時々ホイッスルが聞こえてくるけど、それ以外は本当に静かで、オレの歩く足音がものすごく響《ひび》いてる。

早朝の学校って、こんなに静かなんだ……。

あと一時間もしたら生徒がたくさん登校してきて、この静けさが破られるのかと思うと、ちょっともったいない気がするな。

とはいっても、ここはオレだけの場所じゃないし、みんなが登校して賑《にぎ》わいだすのは仕方のないことだけど。

けど、まだほとんど生徒がいないとこんなにも静かなんだって発見しただけでも、大地につき合って早く登校して良かったな。

それにこの静かな環境《かんきょう》なら、オレもゆっくりと考えられそうだし。

見学していけよって誘《さそ》われたけど、空手部の稽古《けいこ》を見学する気分じゃなくて、大地とは玄関《げんかん》で別れてた。

大地はオレを傍《そば》に置いておきたいみたいだったけど、沈《しず》み込むオレに気を取られて稽古に身が入らなかったら悪いしね。

だから平気な振《ふ》りをして笑ってみせたけど、オレはまだ立ち直れていなかった。

ひと晩寝《ね》てみても気分はどんよりとしてて、目覚めも最悪だったし。

とはいっても、昨晩の嵐《あらし》のような感情の昂《たか》ぶりはもうなかった。真也に吐《は》き出すだけ吐き出したせいか、今はなんだか抜《ぬ》け殻《がら》になっちゃった気分なんだ。

オレはいったいどうしたいんだろう？

真也をこのままずっと避《さ》け続けることなんてできないし、そんなことは望んでいない。

かといって真也と普通《ふつう》に接することができるのかといえば、それもできないし。

だったらどうしたい？　オレはどうすれば満足するんだろう？

昨晩は真也を許せない気持ちが強かったけど、今はどちらかというと怒《いか》りはなくて、漠然《ばくぜん》とした寂しさが心の中を占《し》めている。

真也が恋《こい》しくて寂しいのと、裏切られたことに失望して寂しい気持ち。それが心の中でごちゃごちゃになってて、胸が押し潰《つぶ》されそうなんだ。

このなんともいえないいやな気分を早くなくしたいけど、それを解決するには……。

「やっぱり真也と話し合うべきなんだよね……」

わかってはいるんだけど、言葉にしてみると余計に気が滅入《めい》っちゃって、ため息が零《こぼ》れた。

あれだけ拒《こば》んでおいて今さらオレからは声はかけづらい。だけど真也もオレに声をかけづらいと思うんだ。

よく考えたら、真也はオレがキスシーンを目撃《もくげき》したことを知らないんだよね。

昨日は頭に血が上ってて、そこまで気が回らずに一方的に責めちゃったけど、真也にしてみれば、オレがなんでいきなり怒《おこ》り出したのか見当もつかないだろうし。

もしかしたらそんなオレに呆《あき》れて怒っている可能性だってある。

ううん、もう怒ってるか。オレが真也より大地の手を取った時から怒ってたもんね……。

ただでさえ大地が相手だとヤキモチに磨《みが》きがかかるのに、オレのほうから大地の懐《ふところ》に飛び込んじゃったんだもん。それを考えると、真也の怒りは普段《ふだん》以上な気がする。

それとも、もうオレには怒ってないかな？　愛想《あいそ》が尽《つ》きた？

ワケのわからない怒りをぶつけるオレを相手にするのに疲《つか》れて、このまま松岡くんと——。

「……っ……」

想像しただけで、心臓が凍《こご》えてきゅって痛くなった。

そんなのいやだ。真也がオレ以外の人を好きになるなんて絶対にだめ。オレにするように優《やさ》しくキスしたり触《ふ》れたりするなんて、そんなの許せない！

「ふっ……」

オレは頭をぷるぷる振って、悪い想像を振り払《はら》った。そして気持ちを切り替《か》えるようにいきおいよく教室に入っていったんだけど、入った瞬間《しゅんかん》にオレはその場に立ち尽くした。

なぜなら誰《だれ》もいないと思い込んでいた教室には、今一番会いたくない松岡くんがいたからだ。

「おはよう、まこちゃん」

「……はよ……」

「こんなに早い時間に来るなんて珍《めずら》しいね」

顔を強《こわ》ばらせるオレには気づかない様子で、松岡くんは親しげに話しかけてきた。だけどそれにどう答えていいのかわからずに視線を落とすと、松岡くんの机には英語の教科書が広げられていた。

「……勉強？」

「あぁ、いつからか早朝に来て予習をするのが習慣になってね。静かだし集中できるんだ」

「ふ、ふぅん……」

声が尖《とが》らないように努力したけど、やっぱりどうしてもぎこちなくなっちゃって、逃《に》げるように自分の席へ移動しようとしたけど、松岡くんの机を通り過ぎようとしたところで腕《うで》を摑《つか》まれた。

「なに……？」

「どうかした？」

「なんでもない」

ジッと見つめられちゃって、オレは視線を逸《そ》らしながら腕を取り戻《もど》そうとした。

だけど松岡くんは放してくれない。それどころか席を立って逃げようとするオレをしっかりと摑まえてきた。

「松岡くん……!?　なんでもないから放してっ」

「なんでもなくないでしょ。さっきからぜんぜん笑ってくれないし、いっぱい泣いちゃいましたって顔してるし……もしかして真也とケンカでもした？」

「……っ……」

今はない涙《なみだ》の跡《あと》を拭《ぬぐ》うように目尻《めじり》を指先でサラッと撫《な》でられちゃって、身体《からだ》がびくんって強ばった。すると松岡くんはオレの態度を勝手に解釈《かいしゃく》して、苦笑《くしょう》を浮《う》かべてくる。

「かわいそうに。こんなに可愛《かわい》いまこちゃんを泣かすなんて、真也も案外子どもだね」

元凶《げんきょう》である松岡くんに同情されているかと思うとものすごく悔《くや》しいのと、真也をばかにしているような言葉にムカついてキッと睨《にら》みつけた。

なんで!?　なんで平気な顔してそんなことが言えるんだよっ！

真也とケンカしたのだって、本《もと》を正せば松岡くんが真也を好きになったからじゃないかっ！

松岡くんさえ間に割り込んでこなかったら、こんなことにはならなかったのに！

「まこちゃん？」

「……っ……もう放してっ！　放し……」

涙が滲《にじ》んできちゃったけど、松岡くんの前でなんか泣きたくなくて、オレは必死になって松岡くんの腕から逃《のが》れようともがいた。だけど松岡くんの力はオレより断然強くて、上手《うま》く逃げられない。

それがオレを余計に惨《みじ》めにさせて、我慢《がまん》していた涙がッ……って零れた時、ドカッていう蹴《け》られる衝撃《しょうげき》が松岡くんから伝わってきて、次の瞬間、オレは誰かに首根っこを掴まれていた。

「え……？」

なにが起きたのかよくわからなくて松岡くんから引き離《はな》してくれた人物を振り返ってみれば、そこには小鹿くんが仏頂面《ぶっちょうづら》で立っていた。

「朝っぱらからなにしてんだよ」

「さぁ？　なにしてたと思う？」

「おまえは久賀兄弟ならどっちでもいいのかよ」

「そうだね、真也は美人だし、まこちゃんはこのとおり可愛いからね。チャンスがあればモノにするのが普通だろ？」

さっきから凄《すご》んでいる小鹿くんに微笑《ほほえ》みながら松岡くんは、会話についていけずにボーッとするオレを引き寄せた。

「あっ……」

松岡くんに抱《だ》きしめられるような格好になっちゃって、びっくりして動けずにいると、オレを抱く松岡くんの手を小鹿くんが叩《たた》き落として、またオレを引き剝《は》がしてくれた。

ここはお礼を言うべきかと小鹿くんを見れば、オレなんかまったく眼中になく、ものすごく怒った顔をして松岡くんを睨みつけていた。

「おまえってサイテーだなっ。ホントワケわかんない」

「それを言うなら、小鹿も相当ワケわからないと思うけど？　毎朝部室に直接寄らずにどうしてわざわざご丁寧《ていねい》に教室に顔を出すんだ？」

「それはおまえがまた……！」

「オレがまた？」

「……なんでもない」

なにかを言いかけていた小鹿くんは、松岡くんに先を促《うなが》された途端《とたん》に口を閉《と》ざして俯《うつむ》いた。

すると松岡くんはクスッて意地悪い笑《え》みを浮かべながらメガネを押し上げて、小鹿くんの視線まで身体を屈《かが》めて……。

「オレがまた倒《たお》れてるかもしれないって心配になっちゃって、毎朝様子を見に来てくれるんじゃないのか？」

「……違《ちが》うっ！　カバンが邪魔《じゃま》だから置きにきてるだけだっ！」

小鹿くんは思いきり否定してたけど、顔を真っ赤にしているところを見ると、松岡くんの言うとおりですって言っているみたいだった。

えっと、ということは、小鹿くんは松岡くんの身体を心配して、朝の自主練習の前に必ず教室に顔を出してるってことなのかな？

けど松岡くんて身体は丈夫《じょうぶ》そうに見えるんだけど……。

「あの時は助かったよ。ただでさえ風邪《かぜ》気味だったところに委員会の仕事が立て込んでてね。まさか倒れるとは思わなかったけど、小鹿に助け起こされたおかげで醜態《しゅうたい》を曝《さら》す前に早退できたし」

……あ、そういえば先月の中間テストの前、無遅刻《ちこく》無欠席だった松岡くんが一日だけ休んだ日があったっけ。

あの時は中間テスト前に片づけなくちゃいけない案件がたくさんあって、真也も忙《いそが》しくしてたし、オレも真也の身体を心配してたからよく覚えてる。てっきりお休みしたのかと思ってたけど、一度教室には顔を出してたんだ……。

「小鹿に助け起こされた時は、自分は死んだかと思ったけどね。天使に顔を覗《のぞ》き込まれたかと思ったし」

「なに言って……」

聞いているこっちが恥《は》ずかしくなるようなセリフを言いながら松岡くんは、真っ赤になって俯く小鹿くんの顔を覗き込んでいた。だけど小鹿くんはそこでハッとした顔をして、一部始終を見ていたオレを振《ふ》り返った。

びっくりして思わず後ずさると、ものすごい目で睨まれちゃって……。

「なに見てんだよっ！　おまえも男なら少しは自分で自分の身くらい守れ！」

「ご、ごめん……」

「こら、まこちゃんに当たるなよ。かわいそうだろ？」

小鹿くんの剣幕《けんまく》に圧倒《あっとう》されちゃって思わず謝るオレを庇《かば》うように、松岡くんがオレの肩《かた》に手をそっと置くと、小鹿くんは口唇《くちびる》をきゅって嚙《か》み締《し》めて、なにも言わずに教室をとび出していった。

「……えっと、いいの……？」

一連の出来事があまりにもどたばたしてて、すっかり毒気を抜《ぬ》かれちゃったオレは、怒《おこ》っていたことも忘れて松岡くんを見上げた。だけど松岡くんはなぜか、ものすごく楽しそうにニヤニヤしながら小鹿くんが去っていった扉《とびら》を眺《なが》めてて……。

「やっぱり真也よりまこちゃんのほうがわかりやすかったか」

「え……？」

ワケのわからないことを呟《つぶや》く松岡くんに首を傾《かし》げると、松岡くんは上機嫌《じょうきげん》のままオレを振り返った。

「ねぇ、まこちゃん。オレと浮気《うわき》しない？」

「は……？」

「ちょっとの間でいいから浮気して」

言われた意味が一瞬《いっしゅん》理解できなくて間抜《まぬ》けな顔をしちゃったけど、理解した途端になんだかムカムカしてきちゃって、オレも松岡くんを突《つ》き飛ばして教室をとび出した。そして屋上まで一気に上がり、怒《いか》りに震《ふる》えながらフェンスをぎゅっと摑《つか》んだ。

なんだよっ、浮気って！　小鹿くんじゃないけど、本当にワケわかんないっ。

もう真也としてるくせに、なんでオレにまでそんなこと誘《さそ》いかけてくるんだよっ!?

「……って、あれ？」

なんだか今ちょっと変な感じがしたんだけど。

松岡くんとオレが浮気？　浮気って……ああいう場合は普通《ふつう》、つき合ってとか言うよね？　なのに浮気なんて言ってきたってことは、オレが誰《だれ》かとつき合っているのを前提で、松岡くんは誘ってきたってこと？

なんで？　なんでオレが誰かとつき合ってるって決めつけてそんなことを言ってきたの!?

「ちょっ、ちょっと落ち着こう……」

混乱しそうになったオレは、そこでふと息をついてその場に座り込んだ。

えっと……もしかしたら松岡くんは、オレに恋人《こいびと》がいることを知っている？

だけどそんなの一度も言ったことないし、真也との関係がバレるような態度は……それほど取ってないと思うんだけど……ちょっと自信ないかも。

なんていっても真也が独占欲《どくせんよく》丸出しで、オレを構ったりしてるからなぁ。それでも真也のヤキモチも、ただのブラコンにしか見えないと思うんだけど。

というか、オレのそんな事情を知っているということは、真也がなにか話した？

真也と松岡くんは親友だし、もしかしたらオレたちがつき合ってることは、松岡くんには話しているのかも……。

けどまさか。いくらなんでもそれはないよ。もし松岡くんに話しているとしたら、オレにもなにかひと言あってもいいだろうし。

それにオレに浮気を持ちかけてきたのも、松岡くんはもう真也とつき合っているつもりで、それでオレとも遊ぼうって言ってきてるのかもしれない。

さっきも小鹿くんに、オレたちのどっちでもいいって言ってたじゃないか。

ものすごくばかにした話だけど、真也を恋人にしてオレを浮気相手にって考えてるのかも。

普段《ふだん》から真面目《まじめ》でストイックな印象があったのに、なんだか幻滅《げんめつ》。

松岡くんがそんなに節操のないことを考えているとは思えないけど、さっきの言動といい、そう考えるほうがしっくりくる。

なのに真也ってばそんな松岡くんにキスなんか許して……！

オレよりも頭がいいくせに、松岡くんの計画にまんまとのせられて！

すっかり燻《くすぶ》っていた怒りがまた再燃してきて、オレは口唇をきゅっと噛み締めた。そしてある決意を胸に、教室へときびすを返した。

そろそろみんなが登校してきて、ざわつきだした教室に入っていくと、真也も既《すで》に登校していた。そして隣《となり》には相変わらず松岡くんがいて、真也の髪《かみ》に触《さわ》ったり肩を抱《だ》いたりして、耳許《みみもと》でなにかを囁《ささや》いている。

いつもは騒《さわ》がしい取り巻き連中は、そんな二人を見ているだけで満足なのか、誰も騒ぎもせずに、イチャつく二人を遠巻きに眺めている。

その異様な光景を見たら余計に怒りが増してきて、オレはズカズカと教室の中を突き進み、二人の前に立った。

「まこ？」

「真也から離《はな》れて」

オレに声をかけてきた真也を無視して、オレはさっきから馴《な》れ馴れしく真也の肩を抱いている松岡くんを睨《にら》みつけて断言した。すると松岡くんはちょっと小首を傾げて、おもしろそうにオレを見下ろしてきて……。

「どうしたの、まこちゃん？　そんなに恐《こわ》い顔して。可愛《かわい》い顔が台無しじゃないか」

「いいから真也から離れてっ！」

オレが怒っているのに気づいていながらも、そんな冗談《じょうだん》を言ってくる松岡くんにムカついて、更《さら》に強い口調で言うと、松岡くんはクスリと意地の悪い笑《え》みを浮《う》かべてきた。

「んー……どうしようかなぁ」

まるでオレに見せつけるように、真也の髪に頬《ほお》を寄せて髪にちゅってキスをした。

その途端《とたん》に周囲がざわっとして、あちこちでコソコソと囁く声がしはじめた。

だけどオレは、そんな周りの反応を気にしている余裕《よゆう》はなかった。真也の髪にキスをされたのを見ただけで、目の前が真っ赤になるほど怒りが頂点に達しちゃって、くっつく二人の間にとび込んでいった。

「なにしてるんだよっ！　もう離れてっ！　真也に触らないでっ！」

松岡くんから守るように真也にぎゅって抱きついて、牙《きば》を剝《む》かんばかりに怒《ど》鳴《な》りつけた。

真也はオレのだもん。松岡くんになんか絶対に渡《わた》さないもんっ！

真也に触っていいのはオレだけなんだからっ！

本当はそこまで叫《さけ》びたかったけど、僅《わず》かに残っている理性でそれを押し込んで、言えない代わりに松岡くんを睨みつける視線にその思いを込《こ》めた。

「まこ……」

いきなり抱きついてきたオレに真也は戸惑《とまど》った声をあげてきたけど、オレからは絶対に離れないぞっていう気持ちで更にぎゅっと抱きついた。すると松岡くんはそんなオレを見下ろしてため息をついてきたかと思うと、おもむろにメガネを押し上げて意地悪な笑みを浮かべてきた。

「まこちゃん、弟思いなのはいいけど、もう高校生なんだしそろそろ弟離れしたら？　真也も困ってるよ？」

「オレたちのことは放《ほ》っておいてよっ！　松岡くんこそ、真也に変なことするなっ！」

「仕方ないなぁ……」

まるで小さな子を諭《さと》すような口調で言われて、売り言葉に買い言葉じゃないけど一気に捲《まく》し立てると、松岡くんは呆《あき》れたようなため息をついて、まるでじゃれつく子猫《こねこ》をあしらうようにオレを真也から引き剥《は》がした。

「あっ……は、放してよっ！」

襟首《えりくび》を掴まれてじたばたと暴れたけど、松岡くんはちっともこたえた様子もなくオレを捕《つか》まえている。それが悔《くや》しくて泣きそうになったけど、ここで泣いたら負けだと思って意地になって抵抗《ていこう》を続けているうちに、松岡くんはオレをひょい、と抱き上げてきて……。

「そうか、真也ばっかり構ってるからヤキモチ妬《や》いちゃったんだ？　ごめんね、オレはまこちゃんも気に入ってるよ？」

「え……」

と、思った時。耳許でちゅっていう音が聞こえて、オレは抵抗するのも忘れて固まった。

ウソ……今、頬に触《ふ》れたのって松岡くんの口唇《くちびる》？

ということは、オレ、松岡くんにキスされちゃったの!?

「松岡……っ！」

真也の責めるような声と周囲のどよめきが起きたのと同時に、松岡くんはオレを解放した。

そして笑いながら今度は真也を抱き込んだ。

「そう怒《おこ》るなよ、真也にもしてあげようか？」

「おまえは……」

「真也」

真也を抱き込んだ松岡くんは、耳許でなにかを囁いている。するとそれまで怒っていた真也が急におとなしくなって……。

「すまない……」

「わかってくれればいいんだ」

「……っ！」

真也が松岡くんに謝って、それを松岡くんが受け容《い》れているのを見た瞬間、オレの中でなにかがガラガラと音をたてて崩《くず》れていくのを感じた。

なんで……？　オレ、松岡くんにキスされちゃったんだよ!?

なのにそれを怒るどころか謝るなんて……。

「まこ……」

「……っ……」

少し申し訳なさそうな真也の声を聞いた瞬間、オレは弾《はじ》かれるように教室をとび出した。

もう一秒でも二人と同じ空間にいたくなかったんだ。

だって真也はオレじゃなくて松岡くんを選んだんだ。

そうじゃなきゃ謝ったりしないよね？　オレより松岡くんを優先したりしないよね!?

松岡くんから真也を取り戻《もど》そうと勇気を振《ふ》り絞《しぼ》って松岡くんに挑《いど》んだのに、オレのほうが二人の邪魔《じゃま》だったなんて。

オレより松岡くんのほうが大事だったなんて……そんなの……そんなの――。

もう自分の感情が抑《おさ》えられなくて闇雲《やみくも》に走っていくと、廊下《ろうか》を曲がったところで誰《だれ》かに思いきりぶつかった。

「おわ……まこ？　どこ行くんだ？　もう授業始まるぞ？」

「大地……っ！」

倒《たお》れ込みそうになったオレを支えてくれる大地の顔を見たら、それまで我慢《がまん》していた涙《なみだ》が溢《あふ》れてきた。

「まこ？　おい、なにがあったんだよ……って、おい、泣くなよっ」

大地が困っているのはわかったけど涙が止められなくて、オレは子どもみたいに声をあげながらわんわん泣いていた。

一日ぶりに自分の部屋に戻ってきたオレは、制服を着替《きが》えもせずにクローゼットから大きなカバンを取り出して、その中に服を詰《つ》め込みはじめた。

あれから大地に慰《なぐさ》められてなんとか教室に戻り、授業は受けてきたけど、はっきり言って今日の授業は全部聴《き》いてなかった。その代わり、授業の間中、ずーっと帰ったらウチを出て行く計画を立てていた。

大地もオレの話を聞いて、それなら好きなだけウチにいろって言ってくれたし、当分は大地の部屋で暮らすんだ。

……けど、当分って、オレはどのくらい経《た》ったら真也を諦《あきら》められるのかな？

真也とただの兄弟に戻って、一緒《いっしょ》に暮らせる日なんて来るのかな？

それを考えると、そんな日は永遠に来ないような気もする。だってオレはまだ真也が好きなんだもん。たとえ真也が松岡くんを好きになっちゃっても、オレは……。

「……っ……」

また涙が出そうになっちゃって、オレは目をごしごしと擦《こす》りながら、気持ちを切り替《か》えるように荷物を詰め込むのに専念した。そしてすべてを詰め込んで大きなカバンを背負って階段を下りていくと、ものすごい音をたてて玄関《げんかん》の扉《とびら》が開いた。

「まこ……っ」

　バス停からずっと走ってきたのか、真也は息を切らせながら、階段で凍《こお》りつくオレを見上げてくる。だけどオレは真也から目を逸《そ》らし、黙《だま》って階段を下りた。

「どこへ行くつもり？」

「どこだっていいだろ」

　顔も見ずに靴《くつ》を履《は》こうとするオレに、真也はちょっとイラついた声で訊《き》いてくる。だけど怒りたいのはオレのほうだし冷たく返すと、真也はふいにオレの肩《かた》を摑《つか》んできた。

「なんだよ、放せよ」

「……オレのことを信じてくれるんじゃなかったの？」

　真剣《しんけん》な顔で詰め寄られちゃって、オレは口唇をきゅっと嚙《か》み締《し》めて俯《うつむ》いた。

　言ったよ。真也を信じるって確かに言ったたし、オレの手を握《にぎ》って愛の告白をしてきた真也を今でも思い出せる。

　だけどあんな決定的なものを見せられて、それでも信じられるほどオレはばかじゃないよ。

「まこ？　信じるって言ってくれたよね？」

「……っ……言ったよっ！　けど、真也は松岡くんのほうがいいんだろっ。昨日だって松岡くんとキ、キスしてたし、今日だって……！」

いろいろ言いたかったけど、これ以上言ったら泣いちゃいそうで口唇を噛み締めていると、真也はため息をついてきた。

「もしかしてと思ったけど、やっぱり見てたんだ。だからあんなに怒ってたんだね。違《ちが》うんだ、まこ。オレと松岡は……」

「やだっ！　聞きたくないっ！」

「まこ……っ！」

真也から決定的な言葉を言われるのがいやで、オレは真也の手を振りきって外へとび出すと、大地の家へ駆《か》け込んだ。

「美紀さんっ！」

「あら、まこちゃん？　おかえりなさい、玄関から来るなんて珍《めずら》しいわねぇ」

チャイムも鳴らさずに上がり込んで勝手に居間へ足を踏《ふ》み入れると、お茶を飲んでいた美紀さんは、ベソをかくオレに目を丸くしながらも、いつもどおりノンキに出迎《でむか》えてくれた。

「真也が来ても入れないでねっ。それからお手伝いするから大地の部屋に泊《と》まらせて」

「それは構わないけど、ちゃんと仲直りしなきゃだめよ」

「だって真也が悪いんだもん……っ」

「あらあら」

ぐずぐずとベソをかきながらも言い切ると、美紀さんはちょっと困ったように笑って、オレが泣き止むまでにホットミルクを作ってくれた。

「これ飲んで少し落ち着いて。お昼はちゃんと食べたの？」

「……うん」

「あら、本当に？　また大地に食べるの手伝ってもらってない？」

ウソを見抜《みぬ》いた美紀さんになにも言えずにチラリと見上げると、ちょっと恐《こわ》い顔をされた。

とはいっても、大地を産んだとは思えないほど、まだ可愛《かわい》いっていう表現がぴったりな美紀さんが恐い顔をしてもそんなに恐くはないんだけど、それでもやっぱり母の威厳《いげん》はあるから、オレはしゅんと項垂《うなだ》れた。

「大地みたいになんでもかんでも食べろとは言わないけど、育ち盛《ざか》りなんだからちゃんと食べなきゃだめよ」

「うん……」

「それじゃ今夜はまこちゃんの好きな物にしましょうね。なにがいい？」

「……グラタン」

食欲なんてないけど、それでもまだグラタンなら食べられそうで、おずおずとリクエストすると、美紀さんはにっこりと微笑《ほほえ》んできた。

「それじゃグラタンにしましょう。お買い物してくるからお留守番しててね」

「うん、いってらっしゃい……」

さっそく買い物に出かけた美紀さんを見送って、オレは大地の部屋に荷物を運び込むと、部屋着に着替えた。

そこでようやくホッとして、何気なく自分の部屋の窓を見た。

カーテンは開けっぱなしにしてきたから部屋の様子が見られたけど、オレが出ていった時となんら変わりはない。真也が踏み込んだ気配もなかった。

「真也、追ってこなかったな……」

引き止めてくれるのを期待していたワケじゃないけど、それでもなにも行動を起こしてくれないのは、ものすごく寂《さび》しかった。

オレにはもう興味がないんだって言われているようなものだし、実際、そうなんだけどさ。

「……っ……」

真也のことを考えているうちに気持ちがどんどん沈《しず》んできちゃって、オレはいやな気分を振り払《はら》うように首をふるふると振って涙を拭《ぬぐ》った。

そして美紀さんが買い物から帰ってきてからは、晩ご飯の支度《したく》を手伝った。

一人で塞《ふさ》ぎ込んでいるより、忙《いそが》しく働いていたほうが気が紛《まぎ》れたし、美紀さんのおしゃべりにつき合っている間は真也のことを考えずに済んだし。

そのおかげで大地が帰ってくる頃《ころ》には、オレも少しは笑顔《えがお》を取り戻していた。

「腹減ったー！　メシー！」

「おかえり、大地」

ただいま、じゃなくて帰ってくるなりご飯を催促《さいそく》する大地を出迎えると、大地はなぜか扉に張りついて顔を真っ赤にさせた。

「おまっ……なんだよ、それ反則だろっ！」

「え……？」

「……ま、すっげー似合ってるけどな……」

「あ……」

まじまじと見つめられちゃって、その時になってようやく自分の格好に気がついた。

すっかり忘れてたけど今のオレは、真っ白でフリルがいっぱいついた、ふわふわのエプロンを着けてたんだ。

「仕方ないだろっ！　美紀さんのエプロンしかないんだからっ」

急に恥《は》ずかしくなってきて脱《ぬ》ごうとすると、大地はオレの肩を抱《だ》いてそれを阻止《そし》してきた。

「脱ぐなよ、もったいない。んで、なに作ってくれたんだ？」

「もう……グラタンだよ。それからグリーンサラダとポトフもあるよ」

「そっか、まこの手作りか〜」

「オレは美紀さんのお手伝いしただけだよ」

なにが嬉《うれ》しいのか、大地はにこにこしながらオレを引っぱって、すっかりご飯の準備ができている居間に移動した。

「お、すげー美味《うま》そう。やっぱまこがいるとメシが違うな」

「そうよねぇ、お手伝いしてもらえたからいろいろ作れたし、本当にまこちゃんが女の子だったら大地のお嫁《よめ》さんに貰《もら》ったのに」

「オレは別に男のままでもいいぞ。もうこのまま嫁に来ちまえ」

「もう、変なこと言ってないで着替《きが》えてきなよっ」

このままじゃまた変なことを言いそうだし、大地をぐいぐい押して部屋に追いやった。

まったくもう、親子してすぐに変なことを言うんだから。

美紀さんて、オレをすぐに大地のお嫁さんにしたがるんだよね。もちろん女の子だったらっていう条件付きだけど。

当たり前だよね、女の子じゃなきゃ孫の顔は見られないし、いくらおおらかな美紀さんでも、男のオレをお嫁さんとして認めるワケないし。

なのに大地ときたら、美紀さんの前で平気でああいうこと言うんだもん。冗談《じょうだん》で済んでるからいいけど、言われてるオレのほうがドキドキしちゃうじゃないか。

「着替えたぞ。早く食おうぜ〜」

「そうね、健一《けんいち》さんは遅《おそ》くなるみたいだし、先にいただきましょう」

さっそく着替えてきた大地は、席に着くなりものすごいいきおいでご飯を平らげていった。

いつ見ても豪快《ごうかい》な食べっぷりに呆《あき》れちゃったけど、大地と美紀さんの会話もはずんでいるし、つられてオレも自分の分はなんとか食べることができた。

「お、よく食ったじゃん」

「うん。美紀さんのご飯、美味《おい》しいし」

「やぁね、みんなで食べるから美味しいのよ」

照れた美紀さんが何気なく言ったその言葉に、胸がつきん、て痛んだ。

今日も真也は一人でご飯を食べてるんだ……。

オレと違って精神的なダメージで食欲が左右されるタイプじゃないから、ちゃんと食べているとは思うけど、それでも一人の食事は味気ないよね。

けど、一人でご飯を食べなきゃいけなくなったのも、真也が松岡くんを選んだからだもん。

オレが気に病《や》むことなんてないんだ。もう真也にはオレは必要じゃないんだし……。

「まこ？　なに暗くなってんだよ、食い過ぎたか？」

「え……ううん、なんでもない。美紀さん、ごちそうさま。オレ、洗い物するね」

「あら、悪いわね。ありがとう」

大地に心配そうに顔を覗《のぞ》き込まれちゃって、オレは慌《あわ》てて微笑むと、食器を持って立ち上がった。そして洗い物に集中することで、一人で寂しくご飯を食べている真也の姿を、頭の中から追い出した。

「あー、あっちぃ。おい、まこ。おまえもジュース飲む……まこ？」

少し探《さぐ》るような声で呼ばれて、その時になって大地がお風呂《ふろ》から上がってきたことに気づいたオレは、慌てて笑顔を作った。

「大地お風呂入るの早いね。オレはこれでも長風呂なんだよ。さっき行ったばっかりなのに」

「アホ。一時間は入ってたぞ」

おでこをピン、て弾《はじ》かれちゃって決まり悪く俯《うつむ》くと、大地はオレをぐいって引っぱって布団《ふとん》の上に連れて行った。

「ったく、暑くなってきたからって、髪《かみ》も乾《かわ》かさねーで窓に張りつきやがって。風邪《かぜ》ひいちまうじゃん」

「ぷ……じ、自分でやるってばっ」

首にかけているバスタオルで、髪をごしごしと乱暴に拭《ふ》いてくる大地から、じたばたと暴れて逃《のが》れようとした。だけど大地はやめてくれなくて、そんなことをしているうちにオレの抵抗《ていこう》を封《ふう》じるようにぎゅって抱きしめてきた。

「大地……？」

「……そんなに真也が気になるのかよ」

バスタオルを被《かぶ》っているから表情は見えなかったけど、大地の声は本当に真剣《しんけん》だったから答えられなかった。

そうだよね、大地の部屋の窓から見える景色は、オレの部屋と真也の部屋くらいだし、あれだけ窓にくっついてたら見てたのはバレちゃうよね。

けど、真也の部屋の灯《あか》りが点《つ》いてないいんだもん。

晩ご飯の後片づけを終えて、大地と部屋に戻《もど》った時も灯りが点いてなかったけど、その時はまだ一階にいるのかなって、オレもそれほど気にしてなかった。

なのに一番にお風呂を使わせてもらった時に、お風呂場の窓からウチのリビングを覗いたら、そこも灯りが点いてなかったし、変に思って大地が出ていってから真也の部屋を確認《かくにん》したら、やっぱり真っ暗で……。

もしかして真也、どこかに行っちゃったのかな？

松岡くんに会いに行ってる？　それともオレを捜《さが》しにどこかへ行っちゃった？

灯りを点ける気にもなれないくらい、オレが出ていったことに落ち込んでいるのかな？

そんなことを考えているうちに、窓から離《はな》れられなくなっちゃって。だけど一時間も経《た》ってたなんて気がつかなかった。

「もう真也なんていいじゃん。オレもあいつのことは信用してたし、ウワサもぜんっぜん信じてなかったけど、隠《かく》れてキスしてたなんてよ。まこをばかにしすぎだぜ」

吐《は》き捨てるように言う大地は、真也に対して本気で怒《おこ》っているようだった。

オレも真也に怒ってたし、感情的に怒《いか》りをぶつけたけど、大地が真也を非難するのはちょっと悲しかった。

どうしてそんな気持ちになるのかよくわからないけど、真也をそこまで悪く言わないでって弁護したくなってくる。

確かに酷《ひど》いシーンを見せつけられて何度も泣いちゃったけど、オレはまだ真也が好きだし、ただオレじゃなく松岡くんを選んだだけで、真也の性格が変わっちゃったワケじゃないし……。

「もういいよ。真也のこと、あんまり悪く言わないで」

「だったらそんな泣きそうな顔するな。オレはこの二日間、まこの泣き顔しか見てねーぞ」

「……うん、ごめん」

「ばか。なに謝ってんだよ……悪《わ》りぃ、無理に笑わなくていいから」

ぎこちなく笑うオレの頭を裸《はだか》の胸に押しつけて、大地は慰《なぐさ》めるように優《やさ》しく撫《な》でてくる。

こうやって甘やかされちゃうと、心がどんどん弱くなっちゃって、オレも大地に抱《だ》きついた。

「ごめんね……ごめん……」

逃《に》げ込む場所になってくれていることと、迷惑《めいわく》をかけていることを謝って、大地の温《ぬく》もりに包まれていると、髪にちゅっちゅって何度もくちづけられた。

それでもいやだとは思わなくて、そのまま大地のキスを受け容《い》れていると、今度は遠慮《えんりょ》がちに顎《あご》を持ち上げられて、涙《なみだ》が溜《た》まる目尻《めじり》にもキスをされた。

「ぁっ……」

「……いやか？」

少し掠《かす》れた声で問いかけられて、オレはちょっと考えてから首をふるふると振《ふ》った。

いや、じゃなかった。オレはまだ真也が好きだし、大地は親友には変わりないけど、オレをこんなにも甘やかして大事にしてくれる人は、真也以外にはもう大地しかいないし。

まるで壊《こわ》れ物を扱《あつか》うように優しく触《ふ》れられると、寂《さび》しくて今にも壊れちゃいそうな心が少しだけ慰められる気がして……。

「……大地にならいい、よ……」

声が震《ふる》えちゃったけど、身体《からだ》の力を抜《ぬ》いて大地に預けると、大地はオレをそっと布団に寝《ね》かせて覆《おお》い被さってきた。

「まこ……」

パジャマのボタンを外しながら、頬《ほお》や耳にキスした大地が、口唇《くちびる》にも触れてこようとした。

「……キスはだめ……」

口唇へのキスだけはどうしても抵抗があって手で遮《さえぎ》ると、大地はなにも言わずに首筋に顔を埋《うず》めてきた。オレを裸にした両手も、身体のラインを確かめるように動き始めて……。

「ぁっ……ん……」

空手の稽古《けいこ》で鍛《きた》えられた大地の手は、真也のなめらかで繊細《せんさい》な手とは違《ちが》ってざらざらしてて、指紋《しもん》や手のひらの皺《しわ》がわかるほど硬《かた》かった。

そのざらついた指で乳首《ちくび》を転がされちゃうと、身体中の産毛が逆立つほどぞくんってした。

「……いいか？」

「んっ……ふ……」

そんなことを訊《き》かれても答えられるワケもなくて、目をぎゅって瞑《つぶ》った。すると大地は耳許《みみもと》に顔を寄せて囁《ささや》いてくる。

「まこ……」

「ぁっ……」

低い声で囁かれただけでぞくぞくしちゃって身体を仰《の》け反らせると、大地はきゅって摘《つま》んだ乳首に舌を這《は》わせてきた。

「やぁっ……んんっ……」

尖《とが》った乳首を何度も何度も舐《な》められちゃうと、変な声が出ちゃいそうになる。だけど隣《となり》の部屋には美紀さんたちが寝ているし、口唇をぎゅって嚙《か》み締《し》めて声を押し殺した。

その間も大地はオレを感じさせようとエッチな手つきで身体を撫で、乳首も痛くなっちゃうほど舐めてくる。

それは真也がしてくれるような、焦《じ》れったくて身体の奥がむずむずする優しい舐め方じゃなく、まるで乳首を掘《ほ》り起こすような強い愛撫《あいぶ》で……。

こんなに違うんだ。舌の動きも、身体を撫でる手つきも、まるで獲物《えもの》を前にした大型獣《おおがたじゅう》のような荒《あら》い息遣《いきづか》いも、なにもかもが真也と違ってて——。

「やめた」

「え……？」

身体を起こす気配にびっくりして目を開くと、大地は苦笑《くしょう》を浮《う》かべておでこをツン、てつついてきた。

「ンな目ぇぎゅって瞑って震えられてたら勃《た》つもんも勃たねーよ」

「あ……」

言われてみて初めて身体に力が入っていたことに気づいた。それにオレってばいつの間に目を瞑ってたんだろ。

「あ〜あ、一度はイかせたこともあんのになぁ。やっぱ最初のアレは身体がまだ未開発だったから、触《さわ》られるだけでなんにでも感じてただけか〜」

「ご、ごめん……」

明るく言われたけどなんだか申し訳なくなってきて、真っ赤になって謝った。すると大地はオレにパジャマを投げながら、ちょっとからかうような目つきをしてきた。

「ま、そんだけ真也とヤッて、身体が真也の色に染まったってことだよな。まこはもう一生、真也なしじゃだめなんじゃね？」

「なんだよそれ……」

そんなことを言われても真也はもうオレのモノじゃないし、真也にしか感じない身体だって決めつけられても困る。だけど身体が真也を裏切っていないことはちょっと嬉《うれ》しいかも……。

なんだか複雑な気分でパジャマを着ながら見上げると、大地はオレの頭を乱暴に撫でてからおもむろに立ち上がって部屋の灯《あか》りを消した。

「ほら、もう寝るぜ」

「うん……」

促《うなが》されて布団に潜《もぐ》ると間もなく大地も横に寝転んで、昨日の夜みたいにオレをぎゅって抱きしめてくれた。

「平気だよ。明日になったら絶対に迎《むか》えに来るって」

「……うん」

静かだけど確かな声で言われて、オレはおずおずと頷《うなず》いた。

なんだか大地にそうやって断言してもらえると、本当に真也が迎えに来てくれるような気がして、気持ちが少しだけ軽くなった。

そしてオレは、昨日よりも大地に甘えるように抱きついて眠《ねむ》りに就《つ》いた。

月曜日

「おい、まこ……」

大地が遠慮がちに声をかけてきたけど、それに応《こた》える気力もなくオレは机に突《つ》っ伏《ぷ》していた。

大地に連れて来られるまま登校して授業は受けたけど、授業なんて聴《き》いてなかったし、もうなにもかもどうでもいい感じ。

だってこの週末、真也はけっきょくオレを迎えに来なかったんだ。

もしかしたら……って、淡《あわ》い期待をしながら待っていたけど、一度だって様子を見に来ることはなかったし、大地や美紀さんにオレの様子を訊いてもこなかったんだ。

引き止めようとする真也を拒《こば》んで家をとび出したのに、迎えに来てくれないのを責めるのは虫のいい話かもしれないけど、それでもやっぱりショックだった。

それまではまだどこかで、真也がオレを見放すことはないって思ってたのに。家を出てから三日も経《た》っているのになにも言ってこないっていうことは、本当にもうオレのことはどうでもいいってことだよね。

見ないようにしているけど、今も真也は松岡くんと一緒《いっしょ》にいるし。

今朝からずっと行動を共にして、片時も離《はな》れていないんだ。

教室に来て真也の顔を見ただけでオレは泣きそうになっちゃったのに、真也はただオレを見つめてきただけで、話しかけてもくれずに松岡くんと一緒にいて……。

本当に真也のことを諦《あきら》めないといけないんだ。

ただ真也を見ているだけで、胸が苦しくなっちゃうほど好きなのに。

この溢《あふ》れ出す気持ちを鎮《しず》める方法なんてあるのかな？

失恋《しつれん》をして、それでもまだ相手が好きな時、みんなはどうやって立ち直っていくんだろう？

時間が経って、好きっていう気持ちが鎮まるのをじっと待つのかな？

それともさっさと切り替《か》えて新しい恋《こい》を見つける？　諦めずに追い縋《すが》る？

オレにはどれもできそうにない。

まだ真也をこんなに好きなのに、新しい恋を見つける気にもなれないし、真也以外の人と恋《れん》愛《あい》をしたいとも思わない。

諦めずに追い縋ったって、ただ自分が惨《みじ》めになるだけだし、オレへの気持ちが離れちゃった真也にしてみれば、しつこく付きまとうのは迷惑《めいわく》以外のなにものでもないだろしね。

それに時が経つのを待つことだってできない。だってオレと真也は赤の他人じゃなく、兄弟なんだ。それも二人きりで暮らしている双子《ふたご》の兄弟。

フラれてもまだ好きな相手と、同じ屋根の下でずっと暮らさなきゃいけないんだ。そんなの地獄《じごく》以外のなにものでもない。

これから真也が松岡くんと幸せになる様子を、一番近くで見ることになるのかと思うと、気持ちがずぶずぶと沈《しず》んでいく。

真也の幸せを願って、松岡くんとのつき合いを応援《おうえん》してあげなきゃいけないのはわかっているけど、まだそこまで心が追いつかないんだ。

本当に赤の他人だったら、目を逸《そ》らしていれば見ずにいられるのに……って、そんなありもしないことを想像しても無駄《むだ》か。

だって赤の他人だったなら、きっとこんなに好きになってない。

双子っていう特別な絆《きずな》があるからこそ、オレは真也をこんなにも好きなんだ。

同じ魂《たましい》を分け合って生まれた大事な半身。だから男同士っていうタブーも乗り越《こ》えて惹《ひ》き合うように愛し合ったのに……今となっては、そう思っているのはオレだけなんだよな……。

「まこ、ホームルーム終わったぞ」

ボーッと考え込んでいるうちに、いつの間にか帰りのホームルームが終わってたみたいで、大地が声をかけてきた。

「オレは部活行かねーとなんだけど……見学来るか？」

「ううん、もう帰る。部活がんばってね」

といっても、ウチに帰る勇気もないんだけど、大地につき合って見学する気にもなれないし、首を振《ふ》って帰り支度《じたく》を始めると、大地はオレの頭を撫《な》でてきた。

「そっか……まっすぐ帰れよ？　オレの部屋にいていいから」

「うん」

心配してくれる大地に笑顔《えがお》で応えたけど、もう大地のお世話になるつもりはなかった。真也が帰ってくる前に自分の部屋にこもるか、どこかで時間を潰《つぶ》すつもり。

もちろんそんなことを言ったら心配するから笑顔のままでいると、大地はちょっと心配しながらも教室を出ていった。

それを見送ってふとため息をつくと、オレも荷物をまとめて席を立ったんだけど……。

「まこちゃん」

教室を出ようとしたところで松岡くんに声をかけられちゃって、オレはびくんって固まった。無視してそのまま出ていっちゃえば良かったんだけど、まさか声をかけられるとは思わなかったし、なにより身体《からだ》が強《こわ》ばっちゃって動けなかった。

その間に松岡くんはオレの目の前に来て、顔を覗《のぞ》き込んできた。

「今日はまた一段と元気ないね？　大丈夫《だいじょうぶ》？」

「……別に普通《ふつう》だよ」

当の松岡くんに心配されているかと思うと、身体が震《ふる》えるほど屈辱《くつじょく》的な気分になったけど、それを表には出さずに答えた。すると松岡くんは目を逸らすオレの顎《あご》を掬《すく》ってきて……。

「オレのせい？」

「……っ……」

わかっていて訊《き》いてきたんだって思ったら頭にカッと血が上って、思わず殴《なぐ》りかかりそうになった。だけどそれを堪《こら》えて黙《だま》り込んでいると、松岡くんはクスッて笑いながらいきなりオレを抱《だ》きしめてきた。

「やっ……なに？　なん……」

「……ごめんね？　もうちょっとだけ我慢《がまん》して」

オレにだけ聞こえる声でそう言ったかと思うと、松岡くんはまるで恋人を抱きしめるようにオレの背中を撫でてきた。

「んー……やっぱりまこちゃんは抱き心地《ごこち》が最高だね。ぷにぷにしてて柔《やわ》らかいし、いい匂《にお》いするし」

「やだっ……ちょっ、放してよっ！」

「だめ。放さない」

帰り支度をしているみんながオレたちを見ているし、松岡くんなんかに抱かれたくなくて暴れたけど、楽しそうにクスクス笑いながらオレをぎゅって抱きしめてくる。

なんだよ、これ以上なにを我慢しろっていうんだよ!?

オレから真也を奪《うば》ったくせに、まだなにかするつもり？

もうこれ以上、傷つけられたくないよっ!!

「松岡」

泣きそうになるのを堪えて抵抗《ていこう》しているうちに真也が近づいてきて、オレはびくって身体を強ばらせた。

振り返ることもできずに松岡くんの腕《うで》の中でジッとして気配を探《さぐ》ってみれば、真也はものすごく怒《おこ》ってて……。

「いい加減にしておけよ」

「あぁ、真也。なに？　おまえも交ざる？」

言いながら松岡くんは、怒る真也の頬《ほお》に触《ふ》れていたけど、そのひと言で納得《なっとく》した。

そうか、真也ってヤキモチ妬《や》きだもんね。好きな松岡くんがオレを構うのがいやなんだ。

以前はオレを構う松岡くんにヤキモチを妬いていたのに、逆になっちゃったんだね……。

そう思ったら本当に終わったことを実感しちゃって、なんだか笑いが込《こ》み上げてきた。

心はギシギシと音をたてて潰れそうなのに笑えてくるなんて、ばかみたいだ。

オレ、おかしくなっちゃったのかな？

けどもういいや。真也が離れていくなら、もうなんだって――。

「ぐっ……」

抵抗する気力もなくなって抱かれたままでいると、松岡くんからドスッと殴られる振動《しんどう》が伝わってきて、苦しそうな呻《うめ》き声が聞こえた。

もう何度かこのパターンは体験しているけど、松岡くんが本当に痛そうに呻いたのは初めてのことだし、びっくりして振り返ると、殴った小鹿くんがオレたちを引き離《はな》して松岡くんの前に立った。

「今のはちょっと効いたよ」

「おまえサイテーっ！　本当に久賀兄弟ならどっちでもいいのかよっ！」

「なんで小鹿が怒るんだ？」

「それは……」

松岡くんがメガネを押し上げながら冷たく言い放つと、小鹿くんはかわいそうなくらいしゅんとしちゃって、口唇《くちびる》を噛《か》み締《し》めて俯《うつむ》いた。

なのに松岡くんはクスクス笑いながら、そんな小鹿くんの顔を覗き込んで……。

「オレが好きだから？」

「……っ！」

言われた途端《とたん》に小鹿くんの顔が一気に真っ赤になった。

え？　え……ホントに？　小鹿くんて……松岡くんが好きなの!?

「オレが好きだから久賀兄弟にヤキモチ妬いてたんだろ？」

「ち、ちが……っ……そんなんじゃないっ！」

まるで獲物《えもの》を追い詰《つ》める猟師《りょうし》のように松岡くんがとどめを刺《さ》すと、小鹿くんは見るからに狼狽《うろた》えて首をふるふると振った。

だけど松岡くんは余裕《よゆう》の表情のまま小鹿くんの頬に触れて、それまでの意地悪な表情から一変して、にっこりと微笑《ほほえ》んだ。

「ホントに？　オレは小鹿のこと、大好きなんだけどな」

「……ウ、ウソつきっ！」

バシン、と、ものすごい音をたてて、小鹿くんは松岡くんの頬を叩《たた》くと、真っ赤になりながらもちょっと泣きそうな顔をして、教室をとび出していった。その途端に教室に残っていたクラスメイトが、ざわっと騒《さわ》ぎ出した。

「なに？　三角関係じゃなくて四角関係!?」

「副委員長オイシすぎないか？」

「だよな、『似てない双子《ふたご》の久賀兄弟』だけじゃなくて、バンビちゃんまでゲットかよ」

「委員長はともかく、オレたちのまこちゃんとバンビちゃんが……」

「まさにハーレムだよなぁ」

なんだかみんな口々に勝手なことを言って、教室内は騒然《そうぜん》とした雰囲気《ふんいき》になってきた。そんな中、思いきり頬を叩かれた松岡くんは、頬を押さえながらも妙《みょう》に上機嫌《じょうきげん》で……。

「小鹿に叩かれちゃった♡」

「変態め。ここはいいからさっさと追ったらどうだ？　バンビは逃《に》げ足速いぞ」

「これでもハントは得意なんだ。じゃあ後はよろしくっ！」

呆《あき》れた声で言う真也にそう言い残して、松岡くんはうきうきした様子で走っていく。それを視線で追いながらも、オレは頭が混乱してきちゃって呆然《ぼうぜん》としてた。

えっと……どういうこと？

小鹿くんは松岡くんが好きで、松岡くんも小鹿くんが好き、なの？

それじゃ、真也は？　松岡くんは真也が好きじゃなかったの？

あれ？　それじゃ二人はつき合っていたワケじゃ……？？

「みんな静粛《せいしゅく》に。変に騒ぎ立てないで松岡と小鹿のことはクラスメイトとして見守ってあげてくれ。それから、オレたちはまったくの無関係で、松岡とはただの友人だからその点は誤解のないように」

オレがボーッとしている間に、真也が騒ぐクラスメイトを沈静《ちんせい》にかかっていた。だけど真也のスピーチに、みんなは更《さら》に盛り上がっちゃって……。

「よっし、あの二人はクラス公認《こうにん》だなっ！」

「副委員長、上手《うま》くゲットしてるといいなぁ」

「あぁ……バンビちゃんが副委員長のモノになるのか……」

「え、え？　ということは真也くんフリー!?」

「やり。まこちゃんもフリーだっ！」

ざわざわと騒ぐみんなに、真也はため息をついてオレの肩《かた》を抱いてきた。思わずびくんってしちゃったけど、真也はオレが逃げないように手まで握《にぎ》ってきた。

「騒ぎが収まりそうにないし、オレたちも消えよう」

ボーッとしているうちにカバンまで取り上げられちゃって、真也は廊下《ろうか》をずんずんと突《つ》き進んでいく。そしてオレを委員会室に連れ込むと、鍵《かぎ》をしっかりとかけてホッと息をついた。

「ようやく二人きりになれた」

にっこりと微笑まれたけど、オレは真也を直視できずにそっぽを向いた。

だってまだ状況《じょうきょう》が把握《はあく》できないし、今ここに真也と二人きりでいる意味がちっともわからないんだもん。それに二人きりになったら真也のことを急に意識しちゃって。

「そんなに拗《す》ねないで。一からきちんと説明するから」

「なにを説明するって言うんだよっ！」

つい強がって反抗《はんこう》的な態度を取ると、真也はオレをぎゅって抱きしめてきた。

「もう逃がさないよ。聞きたくないって言っても聞かせる」

「う……」

逃げられないようにってことなんだろうけど、包み込むように抱《だ》きしめられちゃうと、もう抵抗できなかった。

五日ぶりになる抱擁《ほうよう》は、そのくらい甘かったんだ。

そしてそれは真也にとっても同じだったようで、オレを抱きしめながら満足そうに息をついてきた。

「ようやくまこに触れた……もう禁断症状《しょうじょう》が出そうだったよ」

「……松岡くんとつき合ってるんじゃないのかよ」

「やっぱり。頼《たの》むからそんな気色の悪い想像はやめて。みんなに宣言したとおり、オレと松岡はつき合うどころかただの友人だよ」

「けど、松岡くんとずっとベタベタしてたじゃないかっ！　そ、それにキスしてたし……！」

いきおい込んで言うと、真也は宥《なだ》めるようにオレの頭を撫《な》でてきた。

「それはね、松岡が小鹿をモノにする為《ため》に打った芝居《しばい》なんだ」

「芝居……？」

「そう、さっきの二人を見ただろ？　意地っぱりな小鹿をその気にさせる為に、松岡が考えたシナリオなんだけどね……」

それから真也が話してくれた内容はというと、すべては松岡くんが初めてウチに遊びに来た夜まで遡《さかのぼ》った。

真也にしか相談できない話があるからと、あの夜ウチに来た時に、松岡くんは小鹿くんを恋《こい》人《びと》にする為に、真也に協力するように頼んできたんだって。

恋愛《れんあい》は無駄《むだ》なエネルギーを使うから面倒《めんどう》だって常々主張していた松岡くんが、そんなことを頼むなんて真也もかなり驚《おどろ》いたようで、詳《くわ》しく話を聞いてみることにしたらしい。

その話によると、以前、上級生に襲《おそ》われかけている小鹿くんを、たまたまとおりかかった松岡くんが助けたのが始まりで、その時に松岡くんが、

「自分の身が守れないくらいなら、危なそうな上級生に近寄るな」

……なんて、冷たいことを言ったらしい。そうしたら小鹿くんてば、いきなり空手部に入部して、朝一番に教室で勉強している松岡くんに自慢《じまん》してきたんだって。

その時まで自分の言った言葉も忘れていた松岡くんは、小鹿くんのあまりの単純さに呆れて、それからというもの空手部の自主練習前に、教室にいる松岡くんをこっそりと覗《のぞ》きに来る小鹿くんをおもしろいって思うようになったんだって。

その頃《ころ》までは覗きに来るだけの小鹿くんを、松岡くんは気づきながらも声はかけずにいたんだけど、ある日、体調がすぐれない松岡くんが教室で倒《たお》れたのをきっかけにして、二人は言葉を交《か》わすようになって……。

で、気がつけば小鹿くんと一緒《いっしょ》に過ごす時間を楽しみにしている自分に気づいて、好きだって自覚したんだって。

だけどその頃には松岡くんがいじめて、小鹿くんが嚙《か》みつくっていう図式ができちゃって、恋愛っていう雰囲気とはほど遠かったみたい。

小鹿くんも松岡くんを好きなようだけど、意地っぱりな小鹿くんは、松岡くんがそっちの雰

囲気に持っていこうとしても、すぐに冗談《じょうだん》にして逃げちゃうんだって。

それで業《ごう》を煮《に》やした松岡くんが考え出したのが、小鹿くんにヤキモチを妬《や》かせて、好きだって自覚させるっていう作戦。

その為にはヤキモチを妬く対象が必要で、それを真也に……じゃなくて、オレを貸してくれるように真也に頼んできたんだってっ！

「なんでオレ!?」

「それはまこが小鹿より可愛《かわい》いからに決まってるだろ。まぁ、それは当然だけど、そんなばかげた作戦にまこを貸し出すつもりはないから速攻《そっこう》で断ったけどね」

……と、まぁ、言い切るとおり、真也はその作戦にオレを使うことを却下《きゃっか》したんだけど、だったらおまえが身代わりに立てって言われて、それも断ったら、なら本気でオレに迫《せま》るって脅《おど》されて、仕方なくオッケーしたんだって。

「だからあんなに思い詰めた顔して、信じてなんて言ってきたんだ……」

「あの時はオレも悩《なや》んだんだ。けど、松岡はあのとおり喰《く》えない男だし、小鹿を落とす為ならまこに迫るくらい平気でするし……」

だけどけっきょく、真也とイチャイチャしててもあんまり成果が現れなくて、オレを構ったら効果覿面《てきめん》だったから、真也の制止も聞かずに松岡くんは、この二日間、オレにも構いだしたんだって。

「だったらオレにもその作戦を教えてくれれば良かったじゃないか」

そうしたらオレも、あんなに泣くほど悩まなくて済んだのにさ。さっきだって、ものすごく悲壮《ひそう》な覚悟《かくご》を決めたばっかりだったんだ。

もう真也を諦《あきら》めなくちゃいけないんだって、ものすごく落ち込んだんだから。

「真也が松岡くんとベタベタしはじめて、オレがどんなに悩んだと思ってるんだよ……」

「ごめん。松岡に口止めされたのもあるけど、ちょっと唆《そそのか》されちゃって」

「唆された？」

「うん、まこにヤキモチを妬いてもらえるいい機会じゃないかって。オレにとってそれはかなり魅力《みりょく》的な誘《さそ》いだったから、つい」

真也は平然と言ってきたけど、ついいって！

じゃあなに？　オレにヤキモチを妬かせたいが為に、真也も松岡くんと共謀《きょうぼう》してたってことじゃないかっ！

「おかげで松岡にヤキモチを妬いて、突っかかっていく可愛いまこを見られて嬉《うれ》しかったよ」

「なっ……ヤキモチなんて妬いてないもんっ！」

ちょっとからかうような口調で言われたら恥《は》ずかしくなってきちゃって、オレは真っ赤になって否定した。すると真也はムッとしながら、おでこをコツン、てくっつけてきた。

「妬いてたじゃないか。あんなに怒《おこ》ったり泣いたりしておいて」

「え？　あれがヤキモチ？」

　確かに迫る松岡くんになんの抵抗《ていこう》もしない真也に怒ったり、裏切られた気分になって何度も泣いたけど……。

「……まこ、自覚なかったの？　松岡がオレに触《さわ》ってくる度《たび》にいやな気持ちになっただろ？　オレはまこのモノなのにって思わなかった？」

「うん……思った」

「オレがいつもまこに近づく奴《やつ》に感じているのもそれだよ。オレがどんな気持ちでいるかわかってくれた？」

「うん……」

　そっか、真也ってばいつもあんなにいやな気分を味わってたんだ。

　それはよくわかったけど、まったく関係ない人にまでそんな感情を持ってたんじゃ、気が休まる暇《ひま》もないじゃないか。

「真也ってばいろんな人にヤキモチ妬いてよく疲《つか》れないね。オレなんて松岡くんにヤキモチ妬いただけで、もうボロボロだよ……」

　今回は本当に神経がすり減っちゃったし、ぐったり倒れ込むと、真也はクスクス笑ってきた。

「オレは子どもの頃からヤキモチ妬いてばっかりだから、もう慣れちゃったのかもね。けど、まさかあそこまでまこがダメージ受けると思わなかった。何度も泣かせちゃってごめんね？」

「本当だよ。オレ、おっきくなってからこんなに泣いたの初めてだったんだからな」

真也や大地の前だけじゃなく、松岡くんや人が大勢いるところでも大泣きしちゃったし、ものすごく恥ずかしいじゃないか。

恨《うら》みがましい目をして見上げると、真也はご機嫌《きげん》を取るようにちゅってキスをしてきた。

「ごめん。もうしないから許して？」

「……うん」

本当はもっと怒りたいのに、甘えるようなキスを何度もされちゃうと、怒《いか》りがたちどころに消えちゃって、オレはおずおずと頷《うなず》いた。すると真也はにっこりと微笑《ほほえ》んできて……。

「廊下《ろうか》で大地にしがみついて大泣きしたんだってね？　それがものすごく可愛かったって学院中のウワサになってたよ？」

「え……えぇっ⁉」

なんでそんなウワサが流れてるんだよっ。それは確かに廊下で大泣きしたけど、大地がすぐに目立たない場所まで連れていってくれたのに。

だいたい可愛いってなんだよ、可愛いって。子どもみたいに大泣きする姿のどこがそんなふうに見えるっていうんだよ？

「う〜……」

みんなが騒《さわ》ぐ理由がちっとも理解できなくて唸《うな》っていると、真也は抱《だ》きしめる力を強くしてきた。ふと顔を上げてみれば、真也の笑顔《えがお》がちょっと恐《こわ》くなってて……？

「それにバスでもあの先輩《せんぱい》にずっと抱きしめられてたね？　お尻《しり》もいっぱい触らせてたし、髪《かみ》の匂《にお》いも嗅《か》がせて」

「き、気にしてないんじゃなかったの!?」

「気にしてたに決まってるだろ。あの時は松岡に、ヤキモチを妬いてもらう為《ため》に耐《た》えろって言い聞かせられたからおとなしくしてただけだよ。それに松岡にもキスさせて」

「あ、あれは松岡くんがいきなり……！」

真也は笑ったままだけど、なんだかどんどん恐くなってきてるし、慌《あわ》てて言い訳した。けど待ってよ、なんでオレがこんなに怒られなくちゃいけないワケ!?

「あの時、真也のほうから松岡くんに謝ってたじゃないかっ。オレ、それを聞いて真也はオレより松岡くんを選んだんだってショックだったんだからなっ！」

その時の気持ちを思い出したら悔《くや》しくなってきて涙目《なみだめ》になって責めると、真也は目尻《めじり》をぺろりと舐《な》めてきた。

「ごめん、あの時は松岡に脅されてた。まこを追ったら今までの苦労が台無しになる。もし追いかけたら、まこを欲《ほ》しがっている上級生全員に売り渡《わた》すって」

「な……う、売り!?」

「もし松岡にそんなことを実行されたら、オレは嫉妬《しっと》で身を滅《ほろ》ぼすしかないからね……」

「う、うん……」

なにをされるか具体的にはよくわからないけど、松岡くんならやりかねないし、確かに真也も廃人《はいじん》になりそうだ。それにオレを平気で売り渡すって……松岡くんってば……。

「そういえば松岡くんたちはどうなったのかな？」

「たぶん上手《うま》くいってるんじゃないかな？　オレたちの関係を犠牲《ぎせい》にしてまでお膳立《ぜんだ》てしてやったんだ。これでモノにできなかったなんて言ったら、オレが小鹿を売り渡してやる」

「真也ってば……」

松岡くんに負けず劣《おと》らず不穏《ふおん》なことを言う真也を宥《なだ》めて、ふと窓の外を眺《なが》めると、ちょうど桜の大木が見えた。

あそこで真也たちの関係を疑って大泣きしたんだっけ。ずいぶん前のことのように思えるけど、そう思えるのも、こうやって真也がオレの傍《そば》にいてくれるからだよね。

「……ん？」

今の幸せをひしひしと感じながら桜の大木を眺めていると、そこに小鹿くんが走ってくるのが見えた。そして間もなく松岡くんも追いついてきて、それから二人はなにか言い合っているかと思ったら、松岡くんが小鹿くんをぎゅっと抱きしめた。

「見て真也、なんだかいい雰囲気《ふんいき》だよ」

「みたいだね」

あれだけ協力しておきながら、ちょっと残念そうな声で言う真也がおかしくて、オレはクスクス笑いながら真也の肩《かた》に頭を預けた。

真也と松岡くんっていう最強コンビの策略で思いきり振《ふ》り回されちゃったけど、幸せそうに抱き合っている二人の姿を見たら、もう怒る気も失《う》せちゃったよ。

「ものすご〜く大変な思いをしたけど、良かったね」

「……あんまり良くない」

「なんで？」

オレはすっかり許す気でいるのに、そんなことを言う真也に首を傾《かし》げると、真也は憤然《ふんぜん》とした様子で眉《まゆ》を寄せてきた。

「決まってるだろ。あいつらのおかげでオレはまこに嫌《きら》われて家出までされた挙げ句に、大地にオイシイところを全部持っていかれたんだから」

すごく悔しそうにそう言うと、真也はぎゅうって抱きしめてきた。

「仕方ないだろ。大地がいてくれなかったら、オレはたった一人だったんだぞ。もし一人きりだったら、自分でどうなってたかわからないもん」

ボロボロになったオレを支えてくれたのは大地だけだったし、大地がいなかったら本当におかしくなってた自信あるもん。

「大地にお礼しなきゃ。本当に良くしてくれたし」

「その必要はない」

何気なく言っただけなのに、真也は不機嫌も露《あら》わに断言してきた。

けど真也だって、あの時のオレには大地が必要だったことくらいわかっているはずなのに。

「どうしてそんなに平然と切って捨てるようなこと言うんだよ？」

「当たり前だろ。まこを抱こうとしといてその上お礼なんてやってたまるか」

「え……えぇっ!? な、なんで……」

なんで知ってるの!? とまでは言えずに目を瞬《しばたた》かせると、真也はジロリと見下ろしてきた。

「カーテン開けっ放しで灯《あか》りも点《つ》けたままセックスしようとしてたね。まこの部屋からずーっと見てたよ」

「オレの部屋にいたの!?」

家中が真っ暗だったからどうしたのかと思ったら、まさかオレの部屋にいたなんて。ずっと真也の部屋ばかり気にしていたから、そんなのちっとも気づかなかった。

「あの日はまこに拒絶《きょぜつ》されて、さすがに落ち込んでね。松岡に協力するのはもう止《や》めるって連《れん》絡《らく》したんだけど、延々と説得されて仕方なく続けることにして……けどなにもする気になれなくて、まこのベッドでふて寝《ね》してたんだ」

「そ、そうなんだ……」

追いかけてきてくれなくて、しょんぼりしながら自分の部屋を見てた時に、松岡くんと電話してたのかな？　それでその後にオレの部屋に来てふて寝してたってところ？

「夜になって目を覚ましてみたら、まこが窓に張りついてオレの部屋を心配そうに見ている姿を見つけて、すぐにでもさらいに行きたくなったけど、すごく嬉《うれ》しくてずっと見てたんだ。なのにまこは大地に抵抗《ていこう》もしないで身体《からだ》を開いて……」

その時のことを思い出したのか、真也の顔がどんどん恐くなってきた。声も低くなってきちゃったし……オレってばピンチ？

「あれ以上続けてたら窓を割ってたよ。ついでに大地の頭も」

にっこりと微笑《ほほえ》みながら言ってくるから余計に恐くて、オレは引きつった笑みを浮《う》かべた。

ど、どうしよう……これは怒《おこ》ってる。相当怒ってる。

大地以外にも、もろもろ併《あわ》せてヤキモチを妬《や》いているから、普段《ふだん》の何倍……ううん、何十倍もヤキモチが膨《ふく》らんでいるかも。

ということは、もしかしてもしかしなくても……。

「まこ？」

「な、なにっ!?」

「早くウチに帰ろうか。たーっぷりお仕置きしなくちゃね？」

呼ばれただけでもびくんって跳《と》び上がりそうになったオレに、真也はそれはもうにっこりと、これ以上ないっていうくらいキレイに微笑んで、オレをひょい、と抱き上げた。

「や……やだ——っ！　真也だって……真也だって松岡くんとキスしてたじゃないかーっ！」

「してないよ。松岡なんかと気持ち悪くてできるワケないだろ。あれはキスしてた振り、だけだよ。武道館で昼休みも健気《けなげ》に稽古《けいこ》をしている小鹿にワザと見せつける為の芝居《しばい》」

「そ、そうなの……？」

てっきりキスしてたと思ったけど、そういえば松岡くんの頭で隠《かく》れてたから、はっきりと口《くち》唇《びる》が重なったのは見てなかったかも。

それに人目のない場所ではあるけど、武道館からはバッチリ見える場所だよね。もし小鹿くんがいたなら、いやでも目につくだろうし……。

ん？　ということはつまり……。

「オレはキレイなままだよ。けど、オレ以外の奴《やつ》らに何度も身体を許したまこがお仕置きを受けるのは当然、だよね？」

「う……」

なにも言えずに口唇を噛《か》み締《し》めると、真也はしたりと笑ってきた。

「さぁ、帰ろうか？　たっぷりお仕置きしてあげるからね」

「や……や……やだぁ——っ!!」

色っぽい顔で微笑む真也を心底恐《こわ》く感じて、オレはじたばたと暴れた。だけど真也はまったくこたえた様子もなくオレを肩に担《かつ》ぎ上げると、とても軽い足取りで歩き出したのだった……。

思いきり抵抗して何度も逃亡《とうぼう》を図《はか》ろうとしたけど、けっきょく真也に捕《つか》まって、オレは三日ぶりに自分の部屋に戻《もど》ってきた。

ウチに帰ってこられたのは嬉しい。真也と別れずに済んでホッとしたけど、ようやく自分の帰るべき場所に戻ってきたんだ……なんて実感する間もなく、オレは部屋に着くなり裸《はだか》に剝《む》かれちゃって、ベッドに押し倒《たお》されていた。

しかもそれだけじゃないんだ。どこから調達してきたのかわからないピンク色のリボンで、真也はオレの両手を頭上で縛《しば》り上げてきたんだ。

「やだ……真也、これ解《ほど》いてっ！」

「だめだよ、これはお仕置きなんだから。柔《やわ》らかいリボンだし痛くないだろ？」

「けどこんなのやだっ！」

手が自由にならないだけで、ものすごく不安になっちゃって、オレは涙目《なみだめ》になって訴《うった》えた。なのに真也は制服を脱《ぬ》ぎながら、そんなオレを楽しげに見下ろしてくるだけで、リボンを解いてくれなかった。

「可愛《かわい》いよ、すごく似合うからここにも巻いてあげる」

「やっ……！」

首を竦《すく》めて抵抗したけど、真也は構わずに首にもリボンを巻きつけ、前の所で蝶々結《ちょうちょうむす》びをしてくる。そしてまた立ち上がると、満足そうにオレの全身を眺《なが》めてきて……。

「裸なのにリボンだけ付けてるのって、すごくエッチだね。それにプレゼントみたいだし……オレに食べてくださいって言ってるみたい」

「やだっ……！」

そんなふうに見えているのかと思うと、ものすごく恥《は》ずかしくなってきちゃって、オレは目をぎゅって瞑《つぶ》って身体を強《こわ》ばらせた。

なのに目を瞑っていても真也の絡《から》みつくような視線を感じて、身体が小刻みに震《ふる》えた。

「恥ずかしいの？　こんなに身体中をピンク色にさせて……特に乳首《ちくび》とここはリボンと同じ色になっちゃったね」

「ヤン……！」

ここって言いながら、アレをピン、て弾《はじ》かれちゃって、オレは慌《あわ》てて脚《あし》を閉じた。

だけどちょっと触《さわ》られただけなのに、アレはすぐに反応しちゃって、隠そうとしても真也にはとっくにバレてた。クスクス笑いながら膝《ひざ》を割られて、恥ずかしいポーズを取らされる。

「なんで隠すの？　まこはオレへのプレゼントなんだから全部見せてくれなきゃだめだよ」

「やっ……見ないでよぉ。見ちゃやだ……」

「だめ。いっぱい見てあげる。見ているだけでまこは感じちゃうもんね？　ほら、もうエッチな蜜《みつ》が溢《あふ》れてきた」

「ぁっ……」

言われたとおり見られているだけなのに、ものすごく感じちゃってアレの先端《せんたん》から蜜がじゅんって溢れてきてた。

それが恥ずかしくて腰《こし》を捩《よじ》って逃《に》げようとしたけど、膝がシーツにつくくらいがっちりと押さえられているから、ほとんど抵抗できなかった。

「そんなにいやらしく腰を振《ふ》ってたらエッチな蜜が零《こぼ》れちゃうよ？　あぁ、ほら……根元まで零れちゃった」

「あ、あぁん……だめっ。触っちゃや……やぁん……」

ツ……って伝っていった蜜を塗《ぬ》り込めるように、膨らみをふにゅふにゅって揉《も》まれちゃうと、それだけでイきそうになるくらい感じちゃって、身体からふにゃって力が抜《ぬ》けた。すると真也はしたりと笑いながら、顔を近づけてきて……。

「ちょっと揉んであげただけなのに、もう力が入らないんだ？」

「だ、だって……」

エッチをするのは五日ぶりだし、真也に触られているかと思うと、なんだかいつもより感じちゃって、身体が言うことを聞かないんだもん。

もちろんそんな恥ずかしいことは言えないから、意地悪なことばかり言ってくる真也を涙目で睨《にら》みつけていると、真也はクスッて笑いながらオレの頬《ほお》にちゅってキスをしてきた。

「そんなに泣きそうな顔しないの。まこにもプレゼントあげるから」

「え……？」

オレにプレゼント……？

この状態でいったいなにをくれるのかわからなくてジッと見つめていると、真也はベッドの下に手を伸《の》ばして箱を取り上げた。

「それ……」

真也が持っている箱には見覚えがあった。確か先週の初めに真也宛《あて》に届いた宅配便の荷物だ。けど確か品名はパソコン用品って書いてあったのに。それにこんな時に、オレにはまったく関係のないパソコン用品をくれる意味がわからない。

「ネット中に見つけて、なんとなく買っちゃったんだ。だけどまこには刺激《しげき》が強すぎるし、使うつもりはなかったんだけど……いい機会だから使ってあげるね」

オレには刺激が強い？　使うつもりはなかった？？

さっぱりわからなかったけど、なにかいやな予感がして箱の中身を取り出す真也から目が離《はな》せずにいると、真也はなにかピンク色をした物体を取り出してきた。

「これ……わかる？」

「……？」

目の前に差し出されたのは、親指くらいの大きさの楕円《だえん》形をしたピンク色のプラスティックの塊《かたまり》で、やっぱり同じ色のコードとコントローラーみたいな物が付いていた。

だけどその全貌《ぜんぼう》を見てもなんだかわからなくて首をおずおずと振ると、真也は満足そうに、にっこりと微笑《ほほえ》んできた。

「可愛い。本当になにも知らないんだね。これはね、ローターって言って、まこがものすごく気持ちよくなっちゃうエッチなおもちゃなんだよ」

「ローター……？」

「そう、ちょっと試《ため》してみようか？」

楽しそうに言いながら、真也はコードを摘《つま》んで、そのローターのスイッチを入れた。すると空気を震わせるようなブゥンっていう音と共に、楕円形の塊が震え出した。

「まずはここからね」

「ひあっ……!?」

震えるローターが乳首にちょっと触《ふ》れた瞬間《しゅんかん》、つま先まで一気に電流が流れたような刺激が襲《おそ》ってきて、オレはびくんって身体《からだ》を仰《の》け反らせた。

「すごい、そんなに気持ちいいの？　乳首がきゅって尖《とが》ったよ？」

「やっ……やーっ！　それやっ……やぁん……止《と》めて。止めてよぉっ！」

「可愛い……ぴくぴくするほど気持ちいいんだ？　こっちの乳首もしてあげる」

「あぁんっ……だめっ……もうやっ！　もうしちゃ……やぁぁん！」

乳首を交互《こうご》にローターで刺激される度《たび》に、オレはびくん、びくんって身体を跳《は》ねさせた。

人間では絶対に真似《まね》できない細かい振動《しんどう》が、乳首をブルブルってくすぐってくるんだ。

そんなの初めての感覚だし、気持ちよすぎておかしくなっちゃいそうで、ローターを操《あやつ》る真也から逃《のが》れようと身体を捩った。

だけど真也はしつこく追いかけてきて、乳首にいっぱいローターを押しつけてくる。

いやって言ってるのに乳首をぎゅって押し潰《つぶ》してきたり、触れるか触れないかっていうところで振動を送ってきたり。

その度にオレは大袈裟《おおげさ》なくらい反応しちゃって、真也を喜ばせてた。

「ちょっと刺激しただけでこんなに乱れちゃって……本当に可愛い」

「んっ……んー……あン、あっ……」

ローターで刺激していないほうの乳首に、真也がちゅくって吸いついてきた。

いっぱいいじめられたせいで痺《しび》れていた乳首の先を、揉みほぐすように舐《な》められちゃうと、身体がジン、てするほど甘い感覚が湧《わ》き上がってくる。それにローターの刺激も合わさっているから、もっと気持ちよくなってきちゃって……。

「や……やぁあっ……あんんっ！」

カリッて歯を立てられた瞬間、身体がびくんって強ばっちゃって、オレは触れてもいないのに、いきおいよく射精してた。

「は……ぁっ……あ……」

「乳首だけでイッちゃったね」

真也はやたらと嬉《うれ》しそうに言ってきたけど、そんなエッチなおもちゃで、乳首をいたずらされただけでイッちゃうなんて、ものすごく恥ずかしかった。

だけどそれを取り繕《つくろ》う余裕《よゆう》もなくはぁはぁと息をつきながら、まだ身体を強ばらせていると、真也は耳朶《みみたぶ》を舐めながら意地悪なことを囁《ささや》いてくる。

「ローター気に入っちゃった?」

「やだ……ちが……」

「違《ちが》わないよ。ほら、また勃《た》ってきた」

「あ……あぁぁん! だめぇっ! そこしちゃだめぇっ!」

だめって言ってるのに、真也はアレにローターを当ててきた。その途端《とたん》に腰から下が溶《と》けてなくなっちゃうくらい感じちゃって、アレがあっという間にきゅうぅんって勃ち上がった。

「すごい……まこの、またイきそう」

「やぁぁん……だめっ……だめだよぉ……あ、そこ……くっつけちゃやぁっ!」

「けど孔《あな》に当てるとぱくぱくして、エッチな蜜《みつ》がすごい溢《あふ》れてくるよ?」

「んんん……だめっ……もうやあ……」

「だめって言いながら自分でローターにクリクリ押しつけてきてるじゃないか」

クスクス笑われたけど、違うもんっ。逃げようとしてるのに、真也がくっつけてくるから、ローターが先端に当たっちゃうだけだもんっ。

だけどそんな文句を言える余裕はなかった。先端の粘膜《ねんまく》をあり得ない速度でブルブルされちゃうと、もうなにがなんだかわからなくなっちゃうくらい感じちゃって……。

「あっ……あン！　やぁあああんっ！」

「あぁ、またイッちゃった」

「や、やぁっ……もうだめっ。もうやめてよぉ……」

身体がぴくん、ぴくんって痙攣《けいれん》してるのに、真也はまだスイッチを切ってくれなかった。

それどころか、イッたばかりでまだ震《ふる》えているアレを摘んで、ローターでいっぱいクリクリしてくる。

「やぁぁん……もうやなのっ……もうブルブルしちゃやぁ……」

「だけどまこの、また勃ってきちゃったよ？　お仕置きなのにこんなに感じて……まこは本当にエッチな悪い子だね」

「んんっ……んやぁ……」

恥《は》ずかしいことを囁かれて、首をふるふると振《ふ》った。

だけどアレの先端《せんたん》をローターで撫《な》でられちゃうと、もう辛《つら》いはずなのにまた気持ちよくなってきちゃって、腰《こし》が勝手に動いちゃう。

「すごく可愛《かわい》い……泣いちゃうほど気持ちいいんだ？」

「んんっ……あ、あぁン……」

「まこは敏感《びんかん》だから余計に感じちゃうんだね。こうしたらもっと気持ちいい？」

「ぁ……あっ……だ、だめぇっ！」

先端のちっちゃい孔をくいって広げられたかと思ったら、そこにローターを押し当てられた。

そして今までよりも更《さら》に細かい振動が襲ってきて、オレは目を大きく見開いた。

「やっ……やー……だめぇっ……そんなのだめだよぉ……」

「なんで？　気持ちいいだろ？」

「んやぁぁ……あー……もう変になっちゃ……あ、や、やぁぁんっっ！」

孔の中まで伝わってくるほどの振動に、もう頭が真っ白になっちゃうくらい感じちゃって、オレはびくびくってしながらまた射精して、ベッドにぐったりと沈《しず》み込んだ。

「は……ぁっ……っ……」

立て続けに何度もイかされたせいで、もう身体に力が入らない。それに全身が、まるで微弱《びじゃく》な電流を流し込まれたように痺れちゃって、脚《あし》の付け根が勝手にひくんって痙攣しちゃう。

お腹《なか》の上もアレの周りも、まるでお漏《も》らししたようにぬるぬるになっちゃって……。

そんなオレを真也が目を細めて見下ろしてくるけど、その視線を避《さ》けることすらできずに、はぁはぁと息をついていると、真也はオレに覆《おお》い被《かぶ》さって、口唇《くちびる》にちゅってキスをしてきた。

「すごいイき方。色っぽくて可愛いよ……」

「んっ……」

肌《はだ》が触れ合うだけでも感じちゃって息を詰《つ》めるオレを笑いながら、真也はちゅっちゅってキスをして、お腹に飛び散った精液を塗《ぬ》り込めるように撫でてくる。

「ぁっ……ん……」

「これも気持ちいいの？　もうどこを触《さわ》っても気持ちいい？」

「んっ……うん……」

本当にそのとおりだからおずおずと頷《うなず》くと、お腹を撫でていた真也の手が下のほうへ滑《すべ》るように移動して、お尻《しり》をするりと撫でてきた。

「あっ……」

「こっちも気持ちよくしてあげるね」

「あっ、あン……！」

いっぱい濡《ぬ》れているから真也の指が簡単に入ってきちゃって、咄嗟《とっさ》に身体《からだ》を絞《しぼ》った。

だけど力が抜《ぬ》けちゃっているせいかほとんど抵抗《ていこう》できなくて、その間に真也は中をぐるりと掻《か》き回してくる。

「すごく柔《やわ》らかくなってる。もうとろとろになってるし……ここにも入れてあげるね？」

「え？　あ……や、やだぁっ！」

ぐいって広げられたかと思ったら、そこにツルリとした塊《かたまり》を押しつけられて、オレは力の入らない身体を必死になって捩《よじ》った。だけど真也がちょっと強く押し込んだだけで、ローターはオレの中に簡単に入り込んできて……。

「やっ……やだ……取って。取ってよぉ……」

またさっきみたいなワケのわからなくなるような快感を、今度は身体の中で体験するのかと思うと絶対におかしくなっちゃう気がして、オレは涙目《なみだめ》でお願いした。なのに。

「いやがってもだめだよ、これはお仕置きなんだから。大地や松岡や先輩《せんぱい》に触らせたまこがいけないんだから、いっぱい感じて反省して」

「や、やだぁ……もうしない。もう触らせないから取ってよぉ！」

「だめ」

きっぱりと言い切ると、真也はオレが一番感じちゃう場所までローターを押し込んで、またスイッチを入れてきた。

その途端にヴヴヴ……っていうくぐもった音をたてて、ローターが振動《しんどう》し始めて……。

「あっ、あぁん……もうやっ……もうやぁ……」

さっきのような鋭《するど》い快感ではなかったけど、いい所を際限なくくすぐってくるから、腰が蕩《とろ》けちゃうくらい感じちゃって、オレは泣きながら身体を波打たせた。

「すごく色っぽい……尻尾《しっぽ》が生えちゃったみたいだね」

「あっ、あ、引っぱっちゃ……」

「引っぱっちゃいやなの？　いやって言ってたのに、本当は食べたかったんじゃないか」

「あぁん……ちが……っ……」

違う。真也が言ってるみたいに、入れたままにしてほしいんじゃないもん。

コードをくい、くいって引っぱられると、ローターの角度がその度《たび》に変わっちゃって、いろんな所が気持ちよくなっちゃうからいやだっただけだもん。

「本当に？　お口もきゅって閉じたままだし……そんなに気に入ったなら、明日は入れたまま学校行こうか？　授業中もずっとスイッチ入れたままにしてあげる」

「や、やだ……っ！」

「あぁ、だけど音でバレちゃうかもしれないね。まこがエッチなおもちゃを入れて感じてるってみんなにバレちゃうけど……そのほうがお仕置きになるかな？」

「そんなのやぁっ……」

真也なら本当に実行しそうな気がして、オレは首をふるふると振った。すると真也はクスッて笑いながら、アレをきゅって摑《つか》んできた。

「想像しただけで感じちゃったの？　またこんなにして……本当はエッチなことをしている姿

を誰《だれ》かに見られたいの？　今から大地に見てもらう？」

「んんっ……もうやだぁ……」

意地悪なことばっかり言われているうちになんだか悲しくなってきちゃって、オレは涙をぽろぽろと流した。

なんでそんなに意地悪なんだよ。それは大地とエッチしようとしたり、松岡くんにキスされちゃったり、先輩に抱《だ》きつかれたりしたけど、その原因の半分は真也にもあるじゃないか。

真也が冷たくしなかったらオレだって大地とエッチをしようと思わなかったし、松岡くんがキスしてきたのだって、真也が一枚嚙《か》んでたくせにっ！

「ふ……ばかぁ……真也のばかぁっ！」

本当は叩《たた》きたいところだけど両手は縛《しば》られたままだし、泣きながら文句を言って身体を捩ろうとすると、真也はオレをぎゅって抱きしめてきた。

「ごめんね、もういじめないから泣き止《や》んで？　こんなに可愛い姿を誰かに見せたりしないよ。これはオレだけに見せてくれる特別な姿だもんね？」

「んっ……」

ちゅっちゅって甘えるようなキスをいっぱいされちゃうと、怒《おこ》っていたはずなのにすぐにほだされちゃって、気がつけばオレも真也に応《こた》えてた。

本当にオレって真也に甘いよなって、自分でも呆《あき》れちゃうけど、こうやって真也に優《やさ》しくさ

れると、ものすごく愛されてるのを実感して嬉《うれ》しくなっちゃうんだもん。

それに身体はまだ昂《たか》ぶったままだし、こんなおもちゃじゃなくて、真也をもっと近くに感じたくなってきちゃって……。

「ん……真也ぁ……」

「なに……？」

「こんなのじゃなくて……真也がいい……真也がして……」

抱きつけない代わりに頰《ほお》を擦《す》り寄せると、真也は頰にちゅってキスをしながら、オレの中からローターをくぷんって抜き取った。

「おもちゃよりオレがいいの？」

「うん、真也がいい。真也じゃなきゃやだ……ねぇ、オレもぎゅってしたいよぉ……」

腕《うで》を前に持ってきてお願いすると、真也はようやくリボンを解《ほど》いてくれた。

長い間縛られていたから、ちょっと強《こわ》ばっていたけど、オレは自由になった両手で真也にぎゅっと抱きついた。

「まこ、大好きだよ」

「うん、オレも真也が大好き……」

「まこ……」

「あっ……ん……」

泣き笑いになっちゃったけど、好きって言ってくれる真也にオレも素直《すなお》な気持ちを伝えると、真也はゆっくりとオレの中に入ってきた。

「ん……ふっ……」

熱い波が押し寄せるような感覚は、無機質なおもちゃでは感じなかったもので、だからこそ真也を受け容《い》れているんだって実感できて、ちょっと苦しいけど嬉しさのほうが勝った。

「まこ……まこ？　大丈夫《だいじょうぶ》？」

「うん……平気。真也がいっぱいで気持ちい……」

気遣《きづか》ってくれる真也に微笑《ほほえ》んでぎゅって抱きつくと、中にいる真也がどくんって脈打った。

「あっ……」

「……まこ、さっきからまこの可愛《かわい》いところをずっと見てたからオレも限界なんだ。頼《たの》むからあんまり可愛い顔でオレを誘《さそ》わないで……」

じゃないとすぐにイッちゃうよって、ちょっとだけ拗《す》ねた声で囁《ささや》かれたら、なんだか真也が可愛くなってきちゃって、オレは真也の腰《こし》に脚《あし》を絡《から》めて、自分から腰を揺《ゆ》らした。

「……まこ……」

「あっ……ん……いい、よ……オレで気持ちよくなって？」

「まこ……」

「あ、あン……」

腰をゆっくりと揺さぶられたら、つま先までジン、て痺《しび》れちゃって、身体がきゅうぅんってせつなくなった。それは中にいる真也にも伝わったみたいで、少し眉《まゆ》を寄せて堪《こら》えるような表情を浮《う》かべてきた。

「……搾《しぼ》り取られそう……まこの中、すごく動いてオレを奥まで誘い込んでる……」

「あ、あぁん……き、気持ちい？」

「うん、すごく気持ちいい……もうこのまま出たくないくらい。まこは？　気持ちいい？」

「んっ、うん……あ、すご……」

おっきくなったアレで中をいっぱい擦《こす》られるとものすごく気持ちよくて、思わず口《くち》を滑《すべ》らせるオレに、真也はクスッって笑ってきた。

「どうすごいの？　教えて……」

「ふっ……し、真也がいっぱい擦れる、の……オレの中で……熱いのがいっぱい……」

「まこの中も熱いよ……熱くてオレをきゅうって包み込んできて……」

「あ……あ、あっ……また……」

ずくずく突《つ》き上げてくる真也が、またおっきくなった。

オレで感じてくれてるんだって思ったら嬉しくなっちゃって、ちょっと恥《は》ずかしかったけど、真也を搾り取るような仕種《しぐさ》を何度もした。

「……っ……まこ……まこ……っ！」

「あっ……ふぁっ……！」

ちょっと切羽詰《せっぱつ》まった声で呼ばれたかと思ったら、がくがくと揺さぶられた。そしてそれからすぐに真也がオレの中でイッて、お腹《なか》の中がじわっと熱くなった。

「んっ……」

その感触《かんしょく》にぶるって震《ふる》えて真也にしがみつくと、息を詰《つ》めていた真也もオレをぎゅっと抱きしめてきた。

「……すごいよ、まこの中……いつの間にそんなエッチなこと覚えたの？」

「し、知らない……」

ため息交じりに言われたらやっぱり恥ずかしくなってきちゃって、真っ赤になって真也の首筋に顔を埋《うず》めた。すると真也は赤くなった耳朶《みみたぶ》をはむって甘嚙みしながら、まだ硬《かた》いままのアレで中をいっぱい掻《か》き回してきて……。

「オレのこと、きゅっきゅって搾《しぼ》って……そんなにオレのが飲みたかったの？　中をこうやって……くちゅくちゅにしてほしかった？」

「あぁん……だ、だめ……そんなにしちゃっ……」

くちゅん、くちゅんって濡《ぬ》れた音をたてながら出し入れされちゃうと、中がぬるぬるになったから余計に感じちゃって力が抜《ぬ》けちゃう。

そうすると真也は、オレの脚をシーツにつくほど折り曲げて、もっと深くしてくる。

「あっ……あー……だめぇ……奥だめぇ……」

「いい、の間違《まちが》いだろ？　本当にまこは奥が好きだよね……ね、いいって言って。そうしたらもっと気持ちよくなれるよ？」

「あン……あっ、あっ……い、いい……いいよぉ……」

「奥がいいの？　感じちゃう？」

「うン……奥、好き……いい……もちいいよぉ……」

ものすごく恥ずかしかったけど、真也の言うとおり認めてみたら、本当にもっと気持ちよくなってきちゃって、身体《からだ》がどんどん熱くなってきた。

潤《うる》んだ目で見つめれば、真也も蕩《とろ》けそうな表情でオレを見つめてきて……。

「可愛い……オレに感じてるまこが一番可愛い……もっと気持ちよくなって……」

「あ、あぁん……し、真也も……真也も」

「そうだね……それじゃ、今度は一緒《いっしょ》に……ね？」

真也の言葉にこくこくと頷《うなず》いて、なにも考えずに腰を揺らした。

他《ほか》の人たちとは比べられないけど、オレと真也は双子《ふたご》だし、心が元々繋《つな》がっているせいか、本能のままに動く時の息がぴったりなんだ。そしてその動きのどれもがものすごく気持ちよくて、もっとしてほしいって思うところに確実に来てくれるんだ。

真也もそう感じているようで、オレが声をあげちゃう時にはやっぱり気持ちよさそうに眉を寄せて、色っぽい表情を浮かべてる。

そういう時は、本当にひとつになれているのを実感できて、ものすごく嬉しくて……身体以上に心が満たされて、胸がいっぱいになっちゃうんだ。

だけどもっと欲しい。こうやって繋がっていたら、オレが想像しているよりも、もっと一体になれるような気がして、高みを目指すように真也にしがみつくと、目が眩《くら》むような快感が押し寄せてきて――。

「あ、あんん……し、真也ぁ……」

「まこ……っ……」

ぎゅって抱《だ》きつくオレを真也も抱き返してくれて、腰が浮いちゃうくらい深く突き上げてくる。それに合わせて身体を絞ると、中にいる真也がぐん、ておっきくなった。

「あっ、あぁん……も……」

「……いいよ、一緒に……」

「あ、あっ、や……あ……あぁぁんっっ！」

今まで以上におっきくなったアレで奥を捏《こ》ねられた瞬間《しゅんかん》、息が止まりそうなほど感じちゃって、オレは真也をきゅうぅって締《し》めつけながらイッてた。そして同時に真也もオレの最奥《さいおう》に熱を迸《ほとばし》らせて、オレたちは言葉もなく、これ以上ないっていうくらい強く抱き合った。そしてふと息を吹《ふ》き返すと同時に舌を絡めるキスをして、倒《たお》れ込むようにベッドに沈《しず》み込んだ。

「はぁ……」

「疲《つか》れちゃった？」

ため息をつくオレを心配して、真也は髪を撫《な》でてきた。だけど別に疲れているせいでため息をついたワケじゃなかったから、心配そうな顔をする真也をチラリと見上げてから、クスクス笑って裸《はだか》の胸に顔を埋めた。

「大丈夫《だいじょうぶ》だよ。それはもうくたくただけど……今のは満足のため息」

「いっぱいしちゃったもんね」

「一週間分くらいね」

こんなに思いきりエッチをしちゃったのは久しぶりだし、本当に一週間分くらいした気分だったからそう言うと、真也はオレの髪にちゅってキスをしながら笑ってきた。

「それは言い過ぎじゃない？　オレは三日分くらいかな」

「えぇっ！　あれで三日分⁉」

オレにとってはものすご～いエッチだったのにっ。だったら真也にとって一週間分のエッチって、いったいどういう内容になるんだよ……。

それを想像するとかなり恐《こわ》いものがあっておずおずと見上げると、真也はプッて噴《ふ》き出してきた。

「そんなに怯《おび》えなくても大丈夫だよ。たとえ一週間分するとしても、まこを壊《こわ》すようなことはしないから」

「う〜……」

笑顔《えがお》で言われたけど、あんまり信用できないよな。だってさっきもやめてって言ったのに、あんな変なおもちゃを使ってきたしさ……。

「真っ赤になっちゃってどうしたの？」

「……なんであんなの買ったんだよ？　ああいうのって、おとなが買う物だろ？」

それもごく一部の特殊《とくしゅ》な人たちが買う物だと思うのに、平気でオレに使ってきた真也が信じられなくてジロリと睨《にら》んだ。なのに真也は平然とした顔をして、そんなオレを受け流して……。

「ネットだと簡単に手に入るんだよ。それに使用感もいろんな所に書き込まれてるし、まこも気持ちよくなれそうだなって思ったんだけど、大正解だったね。ものすごく乱れちゃって可愛《かわい》かったし……もっと他《ほか》のも試《ため》そうか？」

「えっ……!?」

「他にもいろいろ試したいのがあるんだ。たとえばね……」

ローター以外にも、アレの形をしたのだとか、オレの想像を絶するいろんなおもちゃがあって、それをどう使って、どんなふうになっちゃうのかをこと細かく説明されたらもう恐くなっちゃって、オレは必死になって首をぷるぷる振《ふ》った。

「や、やだよっ！　もうおもちゃなんか使っちゃやだめっ！」

「けどまこも気持ちよさそうだったじゃないか。感じすぎていっぱい泣いちゃって……本当に可愛かったし……」

ものすごくエッチな目つきで見つめられちゃって、オレは全身をカーッと真っ赤にさせた。

「なに思い出してるんだよっ！　もう忘れてよっ！」

「だったら別のお願い聞いてくれる？」

にっこり微笑《ほほえ》みながら言われて、うって詰《つ》まった。

だってこういう時の真也って、絶対に変なこと考えてるし。

おもちゃを使われたくないからって安易に頷いたら、後悔《こうかい》するに決まってる。だけどここで首を横に振ったら、また変なおもちゃを使われそうだし……。

「まこ？　返事は？」

「……教えてくれなきゃ返事しない」

ぷい、ってそっぽを向いて答えをはぐらかすと、真也はちょっとつまらなそうにため息をついてきた。

「最近のまこは変な知恵《ちえ》がついてきて困ったな……」

「どっちが困ってると思ってるんだよっ！」

まるでオレが悪いことをしているような口振りで言われたのが心外で、ムッとしながら引っぱたくと、真也はクスクス笑いながらオレの手を摑《つか》んで、ちゅってくちづけてきた。

「意地悪でエッチだけど、そんなオレが好きなんだろ？」

「……ばか」

自信満々に言ってのける真也に呆《あき》れちゃったけど、悔《くや》しいことにそのとおりだし、苦し紛《まぎ》れに憎《にく》まれ口を叩《たた》いて、ぎゅって抱きついた。

あ〜あ、どうしてこんなに偉《えら》そうで意地悪でエッチな奴《やつ》を好きになっちゃったんだろう？

オレのほうが兄ちゃんなのに、すぐに丸め込まれちゃうし、なにをやってもぜんぜん敵《かな》わないしなぁ。

……けど、それでもおつりが来るくらいオレには優《やさ》しいし、超《ちょう》がつくほどヤキモチ妬《や》きで、オレを思いきり愛してくれるから、幸せなんだけどね。

今もほら、オレをしっかりと抱きしめてくれて、優しくキスしてくれるし。

「えへへ……」

「機嫌《きげん》直った？」

「うん」

「良かった。それじゃ今日はオレが晩ご飯を……っと、ごめん」

話の途中《とちゅう》で真也の携帯《けいたい》からメール受信のメロディが流れて、真也はベッドの下から携帯を拾い上げた。

「松岡からだ。上手《うま》くいったみたいだよ」

そう言って見せてくれたメールの内容はというと……。

『ゲット成功！　オレが初めてで照れまくってたけど、想像以上に可愛かった。協力に感謝するよ。おまえもまこちゃんのフォローがんばれよ。仲直りのエッチはほどほどにな』

「……って……」

すごいノロケた内容で、小鹿くんと上手くいったのはよくわかったし祝福するけど、仲直りのエッチって……。

「ね、ねぇ、真也……？」

「なに？」

「松岡くんにどこまで話してるの？　エッチしてることまでバラしちゃったの⁉」

訊《き》くのが恐かったけど思いきって問い質《ただ》すと、真也は苦笑《くしょう》を浮《う》かべてきた。

「オレからはまったくバラしてないよ。というか、つき合いだした時からオレの態度で言わなくてもバレバレだったみたいでね……」

ヘタに隠《かく》しても抜《ぬ》け目のない松岡くんに弱みを握《にぎ》られるだけだから、逆に隠し立《だ》てせずに堂々と認めちゃったんだって。

まぁ、確かに松岡くん相手なら、そのほうが得策っていう気がしなくもない、かな？

それにつき合い始めた頃《ころ》からオレたちの関係を知っていながら、偏見《へんけん》もなく普通《ふつう》の友だちづき合いをしてくれてたんだし、いいってことにしておこうかな……。

なんていっても松岡くんって、真也と一緒《いっしょ》で敵に回したくないタイプだし。

「けど松岡くんと小鹿くんが恋人《こいびと》同士かぁ……一見すると意外な組み合わせだけど、お似合いだよね」

可愛くて華奢《きゃしゃ》だけど、意地っぱりで元気で向こう見ずな小鹿くんを、冷静沈着《ちんちゃく》でちょっと意地悪な松岡くんが上手くフォローしてあげそうだし。誰《だれ》も寄せつけない松岡くんの冷たい部分を、感情豊かな小鹿くんが埋《う》めてくれそうだしね。

だから同意を求めて真也を見ると、なぜかいやそうに眉《まゆ》をひそめてて……。

「もうあいつらの話題はこりごりだよ。休みの日までつき合わされたしね」

「休みの日って……この土日も？」

「あぁ、まこを迎《むか》えに行きたかったのに、松岡に居座られて迎えに行けなかったし」

「そうだったんだ……」

真也が来てくれなくてかなりショックだったけど、松岡くんもそれだけ本気だったっていうことだよね。だったらもういいか。

「ごめんね？　今朝まこの憔悴《しょうすい》しきった顔を見た時に、松岡を追い出してでも迎えに行けば良かったって後悔してたんだ」

「もういいよ。松岡くんたちも上手くいったし、真也もオレの所に戻《もど》ってきてくれたしね？」

それにオレも真也に負けず劣《おと》らず、ヤキモチ妬きだっていうことにも気づいちゃったし。

松岡くんがそんな計画を企《くわだ》てなかったら、ずっと気づかなかったかもしれない感情だもんね。

真也がどんな思いで、オレに構う人たちにヤキモチを妬くのか理解できたんだもん。その点はちょっと感謝しなくちゃ。そうでなければ、真也のことを一番に考えているって、堂々と胸を張って言えないし。

だから申し訳なさそうな顔をする真也に、ニコッて笑いながら頷《うなず》くと、真也は嬉《うれ》しそうにオレを抱《だ》き寄せてきた。

「まこ……またしたくなっちゃうよ」

「もうだめー。オレ壊《こわ》れちゃうもん」

「それじゃ、キスだけ……ね？」

ちょっと甘い声で言いながら顔を寄せられて、オレも真也の背中に腕《うで》を回して目を閉じた。

そしてあとちょっとで口唇《くちびる》が触《ふ》れるっていう時だった。窓がいきなりガラッて開く音と共に、大地が乱入してきた。

「こらぁーっ！　ウワサを聞きつけて帰ってみればっ！　仲直りすんの早すぎだっつーの！」

「うわぁっ！　ちょっ……いきなり入ってこないでよっ！」

まだ裸《はだか》のままだったし、慌《あわ》ててタオルケットを巻きつけて文句を言ったけど、大地はオレには目もくれずに真也をものすごい目で睨みつけていた。

「真っ昼間からなにやってんだ、真也っ！」

「愚問《ぐもん》だろ。この状態でヤることといえば……」

「待て、言うなっ！　てか、素《す》っ裸で偉そうに胸張ってんじゃねーっての！　見たくねーんだよ、おまえのなんて」

真也の言葉を制した大地は、ベッドから起き上がって堂々と立っている真也に、心底いやそうな顔をした。だけど真也はまったく構わずに余裕《よゆう》の笑《え》みを浮かべていて……。

「フッ……負けてるからか？」

「アホ言えっ！　どう考えてもオレのが……ん？」

いきおい込んで怒鳴《どな》っていた大地は、そこでふとベッドの下に視線を落として、ぴきん、と固まった。どうしたんだろうと思ってそのまま大地の様子を見ていると、大地は身体《からだ》を小刻みにぷるぷると震《ふる》わせながら、おもむろに身体を屈《かが》めて……。

「……お、おい……」

「なんだ？」

「これ、まこに使ったのか!?」

「あ、あぁっ……！」

大地が手にしているピンク色のローターを見て、オレは顔といわず全身を真っ赤にした。なのに真也は慌てるどころか、どこか得意げな顔で睨《にら》む大地を見下ろしている。

「おい、使ったのかよっ！」

「さぁ？　どうだと思う？」

「……マジかよ……」

大地は呆然《ぼうぜん》としながらも、明らかに使用済みのローターをまじまじと見つめて、それからいきなりオレを振《ふ》り返った。

「な、なに……？」

思わずびくんってして、真っ赤な顔で大地を見つめると、大地もオレをちょっとエッチな目つきでジーッと見つめてきて……。

「ふぅん……そっか……」

なにを納得《なっとく》しているのかわからないけど、タオルケットを巻いているにも拘《かか》わらず、透視《とうし》でもされているような気がしちゃって身体を強《こわ》ばらせた。するとすかさず真也がオレを隠すように間に入ってきた。

「まこで変な想像するな、変態め」

「あぁ？　変態はおまえだろうが、こんなモンまで使いやがってっ！」

「フッ……そこまで進んでいる、ということだろう？」

「ンだとぉ？　てめぇ……まこがイッた回数とどう使ったか詳細《しょうさい》に説明しろっ！」

ものすごく怒《おこ》ってるのかと思ったのに、大地は本っ当にどうでもいい恥《は》ずかしい質問をしてきた。もちろんそれには真也も呆《あき》れたようで、冷たい目をして大地を見据《みす》えている。

「なんでおまえに教える必要がある。ばかめ」

「今なんつった、この変態委員長っ！」

「ばかにばかと言ったまでだ」

「てっめぇぇ……！」

「なんだ、素人《しろうと》に手を出すつもりか、空手ばか」

「くっそぉぉ……！」

あぁ、もう……また始まった。

どうしてこう、毎回毎回、そんなくだらないことでケンカができるんだろう？

というか、まだエッチをした余韻《よいん》が残っててくたくたなのに、二人のケンカにまでつき合っていられないよ。

「まこ」

「え……？」

もう二人のことは放《ほう》って寝《ね》ちゃおうとしたんだけど、その時ふいに真也に呼ばれた。

顔を上げてみると顎《あご》をすぐさま掬《すく》われちゃって、口唇にちゅってキスをされた。

「あぁぁ――っ！　おまっ……なにしてんだっ！」

オレが怒るより先に大地の絶叫《ぜっきょう》が響《ひび》いて、オレはすっかりタイミングを外して呆然としてた。

すると真也はオレをぎゅって抱き寄せてきて……。

「悪いな、まこは一生オレのモノだから」

得意げに言う真也は、偉《えら》そうだけどまるで子どもみたいで、大地がぎゃーぎゃー騒《さわ》いでたけど、オレはプッと噴《ふ》き出した。

まったく、本当に独占欲《どくせんよく》の塊《かたまり》なんだから。

ヤキモチ妬《や》きなのはもうよ〜く知っているけど、なにもかもバレている大地にまで主張するなんて、これじゃちっちゃい頃《ころ》とちっとも変わらないじゃないか。

けど、呆れる気持ちとは裏腹に、しっかりと言い切ってくれたことが嬉しくて、大地が怒るのはわかっていたけど、オレも真也の肩《かた》に頭を預けて心からの笑みを浮《う》かべた。

あとがき

こんにちは、またははじめまして、沢城利穂《さわきりほ》です。

「オレ様には敵わない！」から季節が少し移り変わり、夏服の時期のお話になりましたが、今回のお話はいかがでしたでしょうか？

それにしても、今回は松岡《まつおか》がやってくれました〜。さすが真也《しんや》の親友というか、彼もなかなかの曲者《くせもの》です。恋人《こいびと》をゲットして、きっとこれからも更《さら》にパワーアップしていくと思います。負けないようにがんばれ、真也！(笑)。

そしてまこ。今回はいっぱい泣かせちゃって、ごめんよ〜。

まこがヤキモチを妬《や》いたらどうなるんだろう？　というところから、今回のお話を考えたんですけど、まさかここまで泣くとは思ってもみませんでした。

それでも泣いちゃうまこは可愛《かわい》いようで、大地《だいち》も真也もやられまくっているので、これからも二人に可愛がってもらいなさい、と思ったりします。

ところで真也と松岡が、忙《いそが》しく働いていた体育祭の様子は、この文庫とほぼ同時期に発売される、シエル増刊「Très Très春の号で書かせて頂きましたので、そちらも読んでくださると嬉《うれ》しいです。今回から登場した松岡くんの恋人も出てきて、まこと一緒にあ〜んなことやこ〜んなことをさせられてますので、是非《ぜひ》(笑)。

そしてやはり同時期に、マリン・エンタテインメントさんから、「オレ様には敵わない!」のドラマCDが発売されます!

小説の雰囲気《ふんいき》そのままに演じていただけましたので、そちらも聴《き》いてくださると嬉しいです。

ということで、そろそろページも終わりに近づきましたので、恒例《こうれい》のお礼を。

めげそうになる私を励《はげ》まし、画像付きおもしろメールをやたらとたくさん送ってくださった担当の熊谷さん。毎回、迷惑《めいわく》かけっぱなしですみません。そしてどうもありがとうございます。コリずにこれからもよろしくお願いします。そしてまた肉とカラオケ。あ、あと麻雀《マージャン》も!

そして今回も期待どおりのイラストを付けてくれたゆずさん、いつもありがとう!

口絵のまこリスと、二枚目のイラついている真也がお気に入りです。表紙もイチャらぶしてるし、挿《さ》し絵のまこもエッチで可愛いし、ラフを何度も見てはニヤついておりました。

ゆずさんのイラストをじっくり見たいので、この本が出来上がるのが楽しみだ〜。

これからも、可愛いまこと格好《かっこう》いい真也を描《えが》いてね。

そしてここまで読んでくださった、あなた。

オレ様シリーズがここまで続いているのも、あなたが読んでくださるおかげです。

二人のお話でほんの少しでも、幸せな気分になってくださったら私も嬉しいです。

ではでは、またお会いできましたら!

そそそ…
つたえゆず

KADOKAWA
RUBY BUNKO

オレ様《さま》には敵《かな》わない！
副委員長《ふくいいんちよう》には逆《さか》らえない！
沢城利穂《さわきりほ》

角川ルビー文庫　R66-16　　14214

平成18年5月1日　初版発行

発行者――井上伸一郎
発行所――株式会社角川書店
東京都千代田区富士見2-13-3
電話/編集(03)3238-8697
営業(03)3238-8521
〒102-8177　振替00130-9-195208
印刷所――旭印刷　製本所――BBC
装幀者――鈴木洋介

ISBN4-04-442516-7　C0193　定価はカバーに明記してあります。